デイル・ブラウン/著
伏見威蕃/訳

●●

地上侵攻軍を撃破せよ(上)

Rogue Forces

JN243294

扶桑社ミステリー
1457

クリス・トンプソンの雅量に感謝する

地上侵攻軍を撃破せよ（上）

登場人物

〈アメリカ合衆国〉

パトリック・マクラナハン――― 退役米空軍中将。サイアン・エヴィエーション・インターナショナル共同経営者・社長

ケヴィン・マーティンデイル―― 元アメリカ大統領、サイアン・エヴィエーション・インターナショナルの影のオーナー

ジョナサン・コリン・マスターズ博士――― スカイ・マスターズ社最高業務執行責任者

ハンター・“爆発屋《ブーマー》”・ノーブル - スカイ・マスターズ社航空兵器開発担当副社長

ジョーゼフ・ガードナー――― アメリカ合衆国大統領

ケネス・T・フィニックス――― アメリカ合衆国副大統領

コンラッド・F・カーライル―― 国家安全保障問題担当大統領補佐官

ミラー・H・ターナー――― 国防長官

ウォルター・コーダス――― 大統領首席補佐官

ステイシー・アン・バーブー―― 国務長官

テイラー・J・ベイン米海兵隊大将――― 統合参謀本部議長

チャールズ・コナリー米陸軍少将――― イラク北部駐留師団師団長

ジャック・T・ウィルヘルム米陸軍大佐――― イラク、ナフラ連合軍航空基地副司令、第二連隊連隊長

マーク・ウェザリー米陸軍中佐- 副連隊長

ケネス・ブルーノ米陸軍少佐―― 連隊作戦幕僚

ジア・"ボクサー"・カッツォット
米空軍中佐 ―――― 第七空軍海外遠征飛行隊隊長

クリス・トンプソン ―――― イラク、ナフラ連合軍航空基地、民間警備会社トンプソン・セキュリティ社社長兼CEO

フランク・ベア ―――― 民間人情報員

ケルヴィン・コター米空軍大尉 ― 連隊航空交通管理官補

マーガレット・ハリソン ―――― 民間人無人機ディレクター、元空軍中尉

リース・フリッピン ―――― 民間人気象官

〈トルコ〉

クルザト・ヒルシズ ―――― トルコ共和国大統領

アイシェ・アカス ―――― 同首相

ハサン・ジゼク ―――― 同国防大臣

オルハン・サヒン大将 ―――― トルコ国家安全保障評議会事務総長

ムスタファ・ハマラト ―――― トルコ外務大臣

フェヴシ・グジュル ―――― 国家情報機関長官

アブドゥッラー・グズレヴ ―――― トルコ共和国軍参謀長

アイディン・デデ ―――― 後任の参謀長

アイディン・サバスティ少佐 ―――― イラク、ナフラ連合軍航空基地、米軍第二連隊との連絡将校

ハミド・ジャブーリ少佐 ―――― 副連絡将校

ベシル・オゼク大将 ―――― ジャンダルマ総司令部《コムタンリユイ》(トルコ国家憲兵)司令官

グヴェン・イルガズ中将 ―――― ジャンダルマ副司令官

ムスタファ・アリ中将 ―――― 後任のジャンダルマ司令官

〈イラク〉

アリ・ラティーフ・ラシード —— イラク共和国大統領

ユスフ・ジャッファール大佐 —— イラク、タルカイフ、ナフラ連合軍航空基地、基地司令

ジャーファル・オスマン少佐 —— イラク第九旅団 墓《マクバラ》中隊中隊長

ヌーリ・マウロウド大佐 —— 米軍第二連隊との連絡将校

ジラール・“バーズ”（鷹）・アッザーウィ —— イラクPKK反乱軍指導者

サドゥーン・サリフ —— アッザーウィの副隊長

兵器・略語

略語・専門用語

ＡＭＡＲＣ……航空宇宙整備再生センター（別名、廃品置き場《ボーンヤード》）。アリゾナ州ツーソンの近くにある米空軍施設。退役した航空機の保存、分解、部品取りを行なう。

ＡＯＲ……責任地域。

〝戦闘《バトル》がらがら《ラトル》〟……戦闘作戦に必要な個人装備。

ブルズアイ……あらかじめ決めてある定点。これを基準に目標への距離と方位を指示すれば、暗号化されていない周波数でも味方の位置が知られずにすむ。

Ｃ４Ｉ……指揮・統制・通信・コンピュータおよび情報。

チャンカヤ……トルコ共和国の政府がある場所。

ＣＨＵ……コンテナ化住宅ユニット。イラクで米軍が使用している貨物コンテナに似た移動できる仮設住宅。

ＣＨＵ村……ＣＨＵを大量に設置した地域。

ＤＦＡＣ……食事施設。

ＥＣＭ……対電子、電子対策。

EO……電子光学。

FAA……連邦航空局。アメリカの航空監督機関。

FOB……前進作戦基地。

フォビッツ……幕僚と支援要員を指す隠語。

フォビッツ村……本部ビルを指す隠語。

FPCON……部隊保全状態。軍事施設に対する敵あるいはテロリストの脅威の度合い（旧称：THRETCON）。

GP……汎用（爆弾、車両などに用いる言葉）。

IA……イラク陸軍。

IED……簡易爆破装置。

IIR……画像赤外線方式（装置）。

ILS……計器着陸装置。悪天候でも着陸できるように、航空機に指向性電波で滑走路への進入経路を指示するシステム。三つの装置から成る。

IM……インスタント・メッセージング。コンピュータ間のメールのやりとり。一種のチャット。

IR……赤外線。

ISI……イスラミック・ステート・オヴ・イラク。アルカイダ系のテロ組織。その後ＩＳＩＳ（イスラミック・ステート・オヴ・イラク&シリア）に改称。

クリック……キロメートル。

ＫＲＧ……クルディスタン地域政府。イラク北部のクルド人自治区を管理する政治組織。

ＬＬＴＶ……高感度テレビ。

ＬＲＵ……ライン交換ユニット。故障した場合に飛行列線でも簡単に取り外して交換できる、航空機システムの部品。

マフディー……神に導かれた者、すなわち救世主。外国人戦士の俗称。

任務適応テクノロジー……飛行制御能力を高めるために自動的に航空機の表面の形を変えるシステム。

モード&コード……航空機を一機ごとに識別するために、トランスポンダー（応答機）に設定される符号化された信号。

ＭＴＩ……移動物標指示装置。地上を動いている車両などを長距離から追跡するためのレーダー。固定物体からの反射信号は消去される。

ネトルージョン……デジタル・通信、データリンク、センサー類を通じて、敵のコンピュータ網に偽データを送り込んだりプログラミングしたりすること。

ＮＯＦＯＲＮ……対外国開示禁止。外国人のデータへのアクセスを禁じる秘密区分。

PAG……クルディスタン自由民主会議。クルディスタン労働者党の前称。

PKK……パルティヤ・カルケレン・クルディスタン（クルディスタン労働者党）。トルコ、イラン、シリア、イラクそれぞれのクルド人居住地域から分離したひとつの国家を樹立することを目指している、クルド人独立運動組織。数カ国といくつかの機構に、テロ組織と見なされている。

ROE……交戦規則。戦闘作戦における手順や制限を定めたもの。

SAM……地対空ミサイル。

SEAD……敵防空制圧。ジャマー（電子妨害装置）や兵器によって、敵の防空兵器、レーダー、指揮統制施設を破壊すること。

トリプルA……対空火器。

兵器

AGM-177ウルヴァリン……空中・地上発射自律攻撃巡航ミサイル。

CBU-87複合効果爆薬……対人・対車両地雷を広範囲にばらまく空中投下兵器。

CBU-97感知式信管兵器……広範囲にわたって多数の装甲車両を探知して破壊する空中投下兵器。

C−D……サイバネティック歩兵装置。力・装甲・センサー・戦闘能力を強化した有人ロボット。

コブラ・ガンシップ……米陸軍の第二世代兵器を搭載した小型攻撃ヘリコプター。

CV−22オスプレイ……ヘリコプターのように離着陸でき、ローターの向きを変えて固定翼機のように飛べる中型輸送機。

JDAM……〝ジェイダム〟。統合直接攻撃弾薬。汎用の通常爆弾に取り付け、GPS測位によって精確な誘導を行なえるようにする精密誘導爆弾キット。

KC−135R……ボーイング707型機を改造した最新型空中給油機。

カイオワ……先進的なセンサーを搭載し、攻撃ヘリコプターのためにターゲットを観測する、小型ヘリコプター。

M−M−104ペトリオット……アメリカ製の地上配備対空ミサイル・システム。

SA−14……第二世代のロシア製歩兵携行型対空ミサイル。

SA−7……第一世代のロシア製歩兵携行型対空ミサイル。

スリングショット……航空機用高出力レーザー防御システム。

ストライカー……米陸軍の八輪多用途人員輸送車。

ティン・マン……先進的な装甲・センサー・力強化システムを身につけて、戦闘能力を増強した兵士。

XC-57〝負け犬《ルーザー》〟……もともとは米空軍次世代爆撃機として設計された全翼機。設計が受注コンペで敗退したあと、多任務輸送機に改造された。

現実のニュースからの抜粋

BBCオンライン・ニュース、二〇〇七年十月三十日……PKKの攻撃により数週間のうちにトルコ兵四十人あまりが死亡したことをきっかけに、現在の危機が起こり、ここ数カ月トルコとイラクのクルド人地域のあいだの緊張が、着実に高まっている。

……五月には、イラクのクルディスタン三県がアメリカ主導の多国籍部隊から治安維持を譲られて、すかさずイラク国旗ではなくクルディスタンの旗を掲げたことに、トルコが怒りを表明した。

……「[トルコ軍]十万人が配置されるのは、われわれにとって望ましくない」とイラク系クルド人の高官は語った。「この部隊は明らかに、大規模な侵入攻撃を行ない、イラク側から国境地帯の山地へ向かうイラク・クルディスタンの主要地上ルートを支配することを計画している」

……クルド人側は、トルコ軍がクルディスタンの二大空港のアルビールとスレイマニヤーを空爆するかその他の手段で使用不能にするおそれがあると考えている。両空港についてトルコ政府はPKK戦士が避難のために使うのを黙認されていると、断定している。

……「トルコは過去に行なったように、その二カ所を空爆するか壊滅させるかもしれない。現在、トルコはさらに大規模な行動を示唆している。大規模な軍事侵攻が検討され、民衆はきわめて神経質になり、不安を感じている。トルコの野望はＰＫＫ撲滅のみにとどまらないのではないかと、多くのひとびとが懸念している……」

ＢＢＣオンライン・ニュース、二〇〇八年一月十八日……ＰＫＫの反乱分子によるトルコ軍兵士への攻撃が激化し、武力で対応すべきとする大衆の圧力が高まるなかで、トルコはＰＫＫに対する軍事行動を開始すると、かねてより恫喝《どうかつ》していた。先月、トルコ政府は、軍が必要に応じてＰＫＫに対する「イラク領内への」越境作戦を行なうことを承認した。

日曜日の晩の空爆は、その最初の重大な前兆であった。

……トルコ政府は、先月にレジェップ・タイイップ・エルドアン首相とジョージ・Ｗ・ブッシュ大統領がワシントンＤＣで結んだ合意により、アメリカはトルコの作戦を暗黙に承認していると述べている。

「アメリカが即動必須情報《アクショナブル・インテリジェンス》を提供し、トルコ軍が行動に踏み切るものと確信している」トルコ外務省広報官レヴェント・ビルマンはＢＢＣに語った。

「トルコ軍がイラクとの国境に近いトルコ東南部で反政府勢力十一人を殺害」——AP通信、二〇〇七年三月十二日トルコ、アンカラ発——トルコ軍がイラクとの国境に近いトルコ東南部でクルド人反政府勢力十一人を殺害したと、水曜日に民間通信社が報じた。一九八四年からトルコ政府と戦っているクルディスタン労働者党の反政府勢力を狩り出すために行なわれた、イラク北部への八日間にわたる侵入攻撃の二週間後に、この戦闘が勃発《ぼっぱつ》した。

……トルコのナショナリストのなかには、少数民族の文化的権利の拡大は民族分離を助長し国を崩壊させるおそれがあると懸念するものもいる。イラク北部のクルディスタン地域はアメリカに支援され、政府と軍隊を保有しているが、トルコ系クルド人がそれに刺激されるのではないかと怖れている……。

二〇〇八年第二四半期予想、ストラトフォー（インターネットで情報配信を行なう民間情報会社）、二〇〇八年四月四日、地域の情勢——トルコは地域の大勢力として勃興しつつあり、二〇〇八年には近隣の広い範囲で影響力を発揮しはじめるだろう——とりわけイラク北部に……。

トルコはイラク北部だけではなく、バルカン半島やカフカスも勢力圏であると考え、独立したばかりのコソボや近年石油生産が豊富なアゼルバイジャンを支配下に置くことをもくろんでいる……。

「〝アイアン・マン〟が軍の受託業者の新しい顔」――ジェレミー・フー、スペース・コム、二〇〇八年五月六日――スーパーヒーローのトニー・スタークは、悪党どもをみずから叩《たた》きのめすためにアイアンマンのパワードスーツを着ていないときには、米軍にテロとの戦いを行なうための新奇な装備を売り込んでいる。

……民間企業と個人は、アフガニスタンとイラクの空を飛翔《ひしょう》する無人機ほど目立ってはいないが、その役割は最近のさまざまな紛争のさなかに、飛躍的に増大した。

……現在のアメリカが、軍事受託業者《コントラクター》にアウトソーシングしなければ戦争を遂行できないことに疑問の余地はない……つまり、軍事受託業者はただ軍需品を売るだけではない。補給、将兵への給食、駐屯地《ちゆうとんち》の建設、戦略コンサルタントを引き受け、民間警備部隊として戦闘も行なうようになっている……。

「イラン：アメリカとイラクの合意はイラク人を〝奴隷化する〟」――ラフサンジャニ」ストラトフォー、二〇〇八年六月四日――イラン公益判別会議議長アクバル・ハシェミ・ラフサンジャニは六月四日に、イスラム世界はイラクとアメリカの長期治安合意を阻止すると述べた。合意の条件がイラク人を〝奴隷化する〟と表現したと、AP通信が報じている。アメリカとイラクの合意は恒久的なイラク占領をもたらし、そのような占領は近隣のすべての国にとって危険であると、ラフサンジャニは述べた。

第三四半期予想、ストラトフォー、二〇〇八年七月八日、地域の情勢——トルコは地域の大勢力として勃興しつつあり、二〇〇八年には近隣の広い範囲で影響力を発揮しはじめるだろう——とりわけイラク北部に……トルコは国際社会の舞台でますます大胆になっている。イラク北部に部隊を派遣し、イスラエルとシリアの和平交渉を仲介し、カフカスと中央アジアでエネルギー・プロジェクトを推進し、バルカン半島でも影響力が感じられるようになっている。

「イラク議会、キルクークに関する審議を求める」——AP通信、二〇〇八年七月三十日——……選挙に対するクルド人の月曜日の抗議集会の際に、自爆テロ攻撃によってキルクークで二十五人が死亡、百八十人が負傷し、一気に緊張が高まった。

キルクーク県はクルド人、トルクメン人、アラブ人、その他の少数民族が住む地域である。その県都キルクークで爆発が起きたあと、県に対するクルド人の要求に反対するトルクメン人の政党本部に、怒り狂ったクルド人数十人が殺到し、銃撃し、自動車を燃やしながら、敵に非難を浴びせた。トルクメン人もしくはトルコ系住民九人が負傷したと伝えられている。

トルクメン人の権利を一貫して擁護してきたトルコのエルドアン大統領は、イラク当局に連絡し、キルクークの事件に懸念を表明するとともに、負傷者をトルコに搬送するために飛行機を派遣すると提案した。イラク大統領府によると……。

「トルコ、キルクーク市の状況を懸念」――AP通信、二〇〇八年八月二日バグダッド発――トルコ系住民が領土をめぐる紛争に巻き込まれているイラクの都市キルクークについて、トルコ政府が懸念を表明したと、イラク政府関係者が述べた。イラクのホシャル・ゼバリ外相がキルクーク市の状況に関しトルコ外相アリ・バビカンから連絡を受けたと、匿名のイラク外務省関係者が述べたことを、クウェートの通信社KUNAが土曜日に報じた。

キルクーク県は同市がイラク・クルディスタン地域の一部であることを認めたが、トルコはその動きに断固として反対した。

キルクーク市はイラクではトルコ系住民がもっとも集中している土地ではあるが、ゼバリ外相は紛争を解決する試みはすべてイラクのみが行なうと主張している、とイラク外務省関係者は述べた。

この紛争にはいかなる外部の関与も望ましくないとゼバリ外相は考えている、とその関係者はKUNAに語った。

「レーザー・ガン初の発射」——ワイアード、デンジャー・ルーム（著名な政治ブログのひとつ）、二〇〇八年八月十三日——ボーイング社はきょう、実現化した光線銃の初テストを行なったと発表した。この兵器は、米軍特殊部隊が〝関与を完全に否定できる〟秘密攻撃を行なうことを可能にするかもしれない。

今月初旬、ニューメキシコ州カートランド空軍基地でのテストで、ボーイング社が発表したところによると、先進戦術レーザー（ＡＴＬ）——運搬体は改造されたＣ－１３０Ｈ輸送機——が、「ビーム制御システムを通じて高エネルギーの化学レーザーを発射した。ビーム制御システムは、地上のターゲットを捕捉《ほそく》し、ＡＴＬの指示でレーザー・ビームをそこへ誘導する……」。

「イラクにおけるアメリカの受託業者の数が記録的に」——クリスチャン・サイエンス・モニター、ピーター・グリアー、二〇〇八年八月十八日ワシントンＤＣ発——米軍は、かつて従軍商人が紙、ベーコン、砂糖、その他のちょっとした贅沢品《ぜいたくひん》を独立戦争中に米軍に売っていたときから、民間受託業者に依存してきた。

しかし、その慣行に関するもっとも徹底した公式統計とおぼしい、議会の新たな報告によれば、イラクでの受託業者の使用はアメリカの歴史にも前例がないほどの規模に達している。二〇〇八年の段階でも、民間人十九万人以上がイラク戦域で政府の資金によるプロジェクトに従事していることが、議会予算局《CBO》の調査で判明している。これにより、同地域の米軍将兵と受託業者の社員の数が、ほぼ同数であることが判明した。

……軍事のアウトソーシングに反対する向きは、融通性と指揮統制に大きな問題があると主張している。

「トルコ政府Ｓ‐３００に食指を動かす」――ストラトフォー、二〇〇八年八月二十六日――……トルコはロシア製のＳ‐３００防空システム数種類の調達に着手したと、八月二十五日にトルコの日刊紙《トゥデイズ・ザマン》が報じた……。

……この調達に成功した場合、トルコ政府はつづいてふたつの重要な手段を開始するはずだ。ひとつは、主要部品を分解し、内部の仕組みを綿密に調べるリヴァース・エンジニアリングである。もうひとつはじっさいのシステムに対する電子戦の訓練である……。

「トルコ軍兵力増強を模索」――ＡＰ通信、二〇〇八年十月十日アンカラ発――トルコの指導者たちが木曜日に会議をひらき、イラク北部の基地からのロケット弾発射などの攻撃急増に伴い、軍の兵力を増強することを検討した。

トルコの議会はすでに水曜日に議決を行ない、イラク北部のクルド人反乱分子に対する軍の作戦実行権限の拡大を認めている。これには越境地上作戦も含まれる。

それにもかかわらず、軍はクルディスタン労働者党《PKK》の反乱分子と戦う兵力の増強を要求している。木曜日の会議では、軍と警察が行使できる手段の拡大がおもに検討された……。

プロローグ

二〇一〇年春

イラク共和国　ドホーク県　アルアマディヤーの郊外

伝統的な結婚披露宴〝ディロク〟が、何時間もつづいていたが、だれも疲れたようには見えなかった。男たちは〝デフ〟と呼ばれる大きな太鼓数面のリズムに合わせて踊り、アンプで音を増幅した〝ズルナ〟一本と〝タンブル〟数台（ズルナは木管楽器。タンブルは撥弦楽器）によって演奏される民族音楽に合わせて、タップを踏んでいた。それに他の客たちが歓声を贈った。

　もう夜で、戸外は暖かく、乾燥し、晴れていた。あちこちで男たちが数人ずつ固まって、煙草を吸い、小さなカップで濃いコーヒーを飲んでいた。色とりどりの服とスカーフの女たちと、年上の娘たちが、息子や弟の持つ懐中電灯の光を頼りに、食べ物を載せたトレイを男たちのところへ運んでいた。

　披露宴の外の男たちに食べ物を出してから、ひとりの女が、十歳の息子を先に立たせて、明かりの届かない道路の先へトレイを運んでいった。トヨタのピックアップ・トラックが二台、農場に通じる道路の左右に、それぞれ木になかば隠れるようにして、とめてあった。少年が懐中電灯で左のピックアップを照らし、兄の目にまともに光を当てた。「また居眠《アルスラム・ユリキム》りしてる！」少年が叫んだ。

「居眠りしてない！」兄が、思わず大きな声でいい返した。

「ハニ、やめなさい。お兄さんはしばらく暗いところが見えなくなってしまったじゃないの」母親が少年を叱《しか》った。「お兄さんにご馳走《ちそう》をあげて、あやまりなさい。さあ、マゼン」夫に向かっていった。「コーヒーのお代わりを持ってきたわ」

　女の夫がピックアップのフロント・バンパーにAK - 47を立てかけ、うれしそうにコーヒーを受け取った。番兵の格好ではなく、お祝いのときの服装だった。「おまえはいい女房だ、ジラール」夫がいった。「だが、つぎは怠け者のおまえの兄貴をここに使いによこせ。披露宴の周囲に見張りを置くというのは、あいつの考えたことだからな」妻がつらそうな顔をしたのを見逃さなかった。「ははあ。あいつはまた勧誘しているんだな。自分の娘の披露宴だというのに、やめられないのか？」

「兄はどうしても――」

「わかっている。わかっている」夫がさえぎり、妻の頬《ほお》にそっと片手を当ててなだめようとした。「あいつは愛国的で熱心なクルドのナショナリストだ。それは結構なことだ。しかし、武装組織や軍や警察が、こういう催しを監視し、無人機から写真を撮り、高性能マイクを使ったり、電話を盗聴したりしているのを、あいつは知っているはずだ。どうしてやめないんだ。危険が大きすぎる」

「それでもあなたが、ここの警備を引き受けてくださったことに感謝しています」夫の手を顔からはずしてそこにキスをしながら、妻がいった。「兄もよろこんでいます」

「キルクークでペシュメルガ（イラク領クルディスタン地域政府の軍事組織）をやめてから、一度もライフルを握っていなかった。三秒ごとに安全装置を確認しているというありさまだよ」

「あら、そうなの、あなた？」妻がバンパーに立てかけてあったAK‐47に近づいて、指で探った。

「おっと、まさか……」

「そうよ」妻が、セレクター・レバーを〝安全〟に押しあげた。

「おまえの兄貴にこんなところを見られずにすんでよかった」夫がいった。「女性ハイ・コミューンの元指揮官のおまえに、もっとよく教わらないといけない」

「子供を育てなければならないし、家のこともあるから――クルディスタン独立運動では、かなり長いあいだ働いたのよ。もう戦うのは若い女たちにまかせたいわ」

「おまえは若い女に負けやしない――ライフルの射場でも、ベッドでも」

「あら、あなたは若い女の腕前をどうやって知ったの？」妻がからかった。ＡＫ‐47を置いて、誘いかけるように腰をふりながら、夫に近づいた。「あなたに教えたいことがいっぱいあるのよ、ねえあなた」夫がキスをした。「それで、上の子をいつまでここにいさせるつもり？」

「もうじき帰らせる。一時間くらいしたら」上の子を、夫が顎《あご》で示した。残りすくなくなったバクラヴァ（焼き菓子の一種）を弟に取られまいと必死になっている。「ネアズがいてくれるとありがたいんだ。まじめに見張りをやってくれるし――」バイクか小型スクーターが近づいてくるのが聞こえたように思い、夫は言葉を切った。速度が出ているのを示す低いサーッという音だったが、あまり力強くはない。その道路にも、その先の幹線道路にも、光は見えなかった。夫は眉《まゆ》をひそめて、コーヒー・カップを妻に返した。「ハニをコミュニティ・センターに連れて帰ってくれ」

「なんなの？」

「たぶんなんでもないだろう」夫が未舗装路をもう一度見渡したが、なにかが動いている気配はなかった――鳥も木々の葉ずれも見えない。「おまえの兄貴に、そのあたりを見まわると伝えてくれ。向こうの連中にもいってくる」

妻の頰にキスをしてから、ＡＫ‐47を取った。「あとでそっちに行くから、その前に……」

夫は目の隅で、西の上空になにかを捉《とら》えた。黄色い光が一瞬ほとばしった。サーチライトのような安定した光ではなく、松明《たいまつ》のように揺れていた。なぜかはわからないが、妻を脇《わき》の木立のほうへ押しやった。「伏せろ！」夫は叫んだ。「伏せろ！　伏せ——」

突然、千頭もの馬がすぐそばを暴走しているような感じで、地面が揺れた。夫の顔、目、喉《のど》が、どこからともなく現われた土煙と埃《ほこり》に包まれ、石が四方に飛び散った。夫が文字どおり無数の肉片となって消滅するのを見て、妻は金切り声をあげた。ピックアップ・トラックもおなじように引き裂かれ、ガソリンタンクに穴があいて、馬鹿でかい火の玉が空に噴きあがった。

そのとき音が届いた——身の毛もよだつようなすさまじい轟音《ごうおん》が、一秒の何分の一か響いた。巨大な獣が、すぐうしろに立ってうなっているかのようだった。馬鹿でかいチェーンソーが回転するような音につづいて、頭上を飛ぶジェット機のゴーッという爆音が聞こえた。未舗装路に着陸するのかと思うほど、低く飛んでいた。

心臓がいくつか鼓動を打つあいだに、夫とふたりの息子が、彼女の目の前で死んだ。女はどうにか立ちあがって、披露宴のほうへ走っていった。残った家族に、一目散に逃げるよう注意することのほかは、なにも考えていなかった。

「一番機《リード》離脱」四機編成のＡ‐10サンダーボルトⅡ近接地上支援機の先頭パイロットが、無線で伝えた。僚機や地表から大きく離れるために、急上昇した。「二番機《ツー》、投弾《イン・ホット》支障なし」

「みごとな航過《パス》だ、リード」Ａ‐10二番機のパイロットが無線でいった。「二番機《ツー》、投弾《イン・ホット》する」ＡＧＭ‐65Ｇマーヴェリック・ミサイルの前方監視赤外線《ＦＬＩＲ》映像ディスプレイを確認した。道路の突き当たりにとまっていたピックアップ・トラック二台が、はっきりと映っていた。一台は燃えていて、もう一台は無傷だった。パイロットは操縦桿《かん》にそっと触れ、無傷のピックアップに照準を合わせた。そのＡ‐10は赤外線センサーを装備していなかったが、マーヴェリックのＦＬＩＲを利用する〝貧乏人のＦＬＩＲ〟で、じゅうぶんな作業ができた。

通常、夜間の機銃掃射はあまり勧められないし、ましてこういう山地では望ましくないが、ものすごい威力のＧＡＵ‐８Ａアヴェンジャー機関砲を使うせっかくの機会なのだ。そのためなら、どんなパイロットでも、少々の危険は気にしない。その三〇ミリ・ガットリング機関砲は、一分間に四千発という発射速度で、巨大な劣化ウラン弾を発射する。それに、最初のターゲットがさかんに燃えていたので、つぎのターゲットがよく見えた。

迎角がマイナス三〇度であることをマーヴェリックの照準レチクル（ディスプレイの照準目盛）が

示していたので、パイロットは機首を下げ、最終調整をして、「機関砲《ガンズ》、ガンズ、ガンズ！」と無線で報告し、引き金を引いた。股《また》のあいだで巨大な機関砲が発射されるのは、なんともいえない感覚だった。三秒間の連射一度で、巨大な機関砲弾が二百発近く、ターゲットめがけて飛翔した。パイロットは一秒間はピックアップに狙《ねら》いを合わせて、五十発以上撃ち込み、すさまじい爆発を起こしてから、A‐10の機首をあげ、逃げまどうテロリストたちめがけて、残った百三十発ほどで道路に縫い目をこしらえた。

　パイロットは、ターゲットだけに注意を集中するのを避けて、周囲の地形をじゅうぶんに意識し、機首を鋭く起こして右に転じ、指定の高度へ上昇した。アメリカ製のA‐10の旋回性能はすばらしかった。〝イボイノシシ《ウォートホグ》〟という綽名《あだな》は似つかわしくない。「二番機《ツー》離脱。三番機《スリー》、投弾支障なし《イン・ホット》」

「三番機《スリー》、投弾する《イン・ホット》」A‐10編隊の三番機のパイロットが、応答した。パイロット四人のなかでいちばん経験が浅いので、機銃掃射航過はやらない……だが、それでもおなじくらいスリルがある。

　三番機のパイロットが、ターゲット――一軒の家の脇の大きな車庫――を、マーヴエリック・ミサイルの照準ディスプレイのまんなかに捉え、スロットル・レバーのロック・ボタンを押して、「ライフル1《ワン》」と無線で報告した。ミサイルのロケット・エンジンの輝きから目を護るために横を向いてから、操縦桿の〝発射〟ボタンを押した。AGM‐65Gマーヴェリック・ミサイル一基が、左主翼の発射架から飛び出し、あっという間に視界から消えた。パイロットは二基目のミサイルを選択して、照準レチクルを第二のターゲット――家そのもの――に合わせて、右主翼のマーヴェリック・ミサイルを発射した。数秒後に、二度の明るく輝く爆発を眺めることができた。

「一番機《リード》目視、二基とも直撃のようだ」

「三番機《スリー》離脱」そういってパイロットは上昇して旋回し、あらかじめ決めてあった集合空域に向かった。「四番機《フォー》、支障なし」

「四番機《フォー》、受信した。投弾する《イン・ホット》」A‐10四番機のパイロットが、受領通知を返した。四機のなかでいちばん面白みのない攻撃形態だったし、ふつうはA‐10がやるような任務ではなかった。だが、A‐10は航空部隊の新装備なので、実戦ですべての戦闘能力を試す機会がなかった。

　四番機の攻撃手順は、僚機三機よりもずっと単純だった。爆装制御スイッチを兵装ステーション4と8に設定する。GPS航法装置の指示に従って、投下位置点まで飛ぶ。主安全解除《アーミング》スイッチを〝安全解除〟に入れて、あらかじめ決めてある投下位置で操縦桿の発射ボタンを押す。重量九〇〇キログラムのGBU‐32GPS誘導爆弾が、夜空に落ちていった。パイロットが対象物にロック・オンしたり、危険を冒して地表に接近したりする必要はない。爆弾の誘導装置が、GPS衛星航法信号を使って、ターゲットまで自動誘導する。ターゲットは農場の近くの大きな建物で、〝コミュニティ・センター〟と称しているが、情報源はそこがPKKのテロリストが集会や勧誘に使う拠点だと断言した。

だが、もう使えない。爆弾二発の直撃で、建物が消滅し、直径一五メートル以上の巨大な漏斗孔《クレーター》ができた。絶対高度一万五〇〇〇フィートを飛行していたA‐10が、二度の爆発で揺れたほどだった。「四番機《フォー》、離脱。兵装安全、異状なし」

「みごとな爆発《インフイラク》が二度」一番機のパイロットが無線で告げた。二次爆発は見えなかったが、その建物に保管されていると報告されていた大量の兵器や爆発物を、テロリストたちはよそに移動したのかもしれない。「すばらしい《ムフテシエム》！　よくやった、サンダーボルト編隊。兵装スイッチ安全を確認し、国境で対電子《ECM》を切り応答機《トランスポンダー》をつけるのを忘れるな。さもないと、あそこのPKKのクズどもとおなじように、瓦礫《がれき》の中で肉片を拾い集められるはめになるぞ。集合空域で会おう」

トルコ空軍が調達したばかりのA‐10攻撃機は四機とも、数分後には何事もなく国境を越えてひきかえしていた。イラクに潜んでいるテロリスト反乱分子に対する任務は、こうして成功裏に終了した。

くだんの女性、ジラール・アッザーウィは、しばらくして苦しみのために意識を取り戻した。左手がすさまじく痛み、倒れたときに指を何本か折ったのかと思って、探ってみると……左手が前腕からもぎ取られているとわかって愕然《がくぜん》とした。夫と息子ふたりを殺し、ピックアップを破壊したものがなんであったにせよ、自分も死ぬところだった。ＰＫＫコマンドウとして受けた訓練が蘇り、服を細く裂いて止血帯の代わりに腕に巻きつけ、出血をとめた。

四方はどこもかしこも火の海で、いまいる道路脇から動けなかった。やがて、あたりのようすがわかった。ジラールがいる未舗装路のごく狭い部分を除けば、なにもかもが燃えていた。たとえ逃げる方角が見極められたとしても、かなり出血していたので、動けそうにはなかった。

人間も物も、完全に破壊され、すべて消滅していた——建物、披露宴、客、子供……ああ、息子たちも！

ジラールにはもうなにもできなかった。ただ生きることだけを望んでいた……。「でも、アッラーよ、生きさせてくれれば」周囲の死と破壊の音よりもひときわ高く、ジラールはいった。「この攻撃の下手人を見つけ、全力で軍を組織し、そいつらを打ち滅ぼします。わたしの前世は終わりました——やつらは残虐に平然とわたしの家族を奪った。アッラーよ、あなたのお恵みで、わたしは新しい人生をはじめ、今夜ここで死んだものたちのために復讐《ふくしゅう》します」

二〇一〇年夏
トルコ共和国　ディヤルバキル
ジャンダルマ総司令部《ゲネル・コムタンリユイ》（トルコ国家憲兵）基地に接近中

「土鍋27《チヤナクツー・セヴン》、こちらはディヤルバキル管制塔、風向三〇〇、風速八ノット、雲底一〇〇〇フィート、一面の雲《オーヴァーキャスト》、小雨で視程五海里《マイル》（航空では海里が基本単位）、通常カテゴリーのILS進入《アプローチ》を承認する。セキュリティ状況は問題なし《グリーン》」

アメリカ製のKC-135R空中給油／輸送機の機長は、受領通知を行なってから、機内放送システムのスイッチを入れた。「まもなく着陸します。座席に戻り、シートベルトを締め、トレイ・テーブルをもとの位置に戻し、携帯品をしまってください。ありがとうございます《テシエキユル・エデリム》」つぎに機長は、副操縦士のうしろの座席に座っていたブーム操作員兼航空機関士に向かって大声でいった。「あのかたが、着陸するときにここから見たいかどうか、きいてきてくれ、曹長」曹長がうなずき、ヘッドセットをはずして、貨物室へ向かった。

KC-135Rは、本来は空中給油機だが、貨物や人員の輸送にも頻繁に使われる。広大な貨物室の前半分に貨物が搭載されていた――今回の貨物は、木箱を満載したパレット四台で、ナイロンのネットで固縛されていた。パレットの向こう側では、床の中心線に、エコノミー・クラスのものとおなじ十二人用座席パレット二列がボルトで固定してある。乗客はうしろむきに乗る。貨物室は騒音が激しく、悪臭がひどく、暗く、快適ではないが、部隊増強能力を持つこういう航空機が貨物や人員を満載せずに飛ぶことは、めったに許されない。

航空機関士の曹長は、貨物の隙間《すきま》をくぐって、左翼側の一列目の端で居眠りをしている乗客に近づいた。その乗客は髪がやや長めで、ぼさぼさだった。頬髯《ほおひげ》が数日分のびていて、軍用機に乗る場合には軍服かビジネススーツの着用が求められるにもかかわらず、ありきたりの普段着を着ていた。曹長はその男の前に立ち、肩に軽く触れた。男が目を醒《さ》ますと、曹長が手招きした。男が立ちあがり、曹長のあとからパレットのあいだに行った。「お邪魔して申しわけありません」騒音で聴覚がおかしくならないように全員がはめている黄色い柔らかな耳栓を男が取ると、曹長はいった。「ですが、進入と着陸のあいだ、コクピットでご覧になりたいかどうかをおききするようにと、機長にいわれたもので」

「それが通常の手順かね、曹長?」その乗客がいった。ベシル・オゼク大将は、国境警備と国内治安維持を担当するトルコの準軍事組織ジャンダルマ総司令部（トルコ国家憲兵）の司令官だった。オゼクは司令官であるだけではなく、コマンドウの訓練も受けていたので、潜入工作員として国を出入りし、目立たないように周囲を観察できるように、髪を長くし、頬髯を生やすことを許されていた。

「いいえ」曹長が答えた。「搭乗員ではないものがコクピットに立ち入ることは禁じられています。でも……」

「このフライトでは特別扱いをしないようにと、頼んでおいたはずだ、曹長。搭乗員にははっきりとわかっていたと思うが」オゼクはいった。「今回の旅では、できるだけひと目につかないようにしたかった。だから他の乗客といっしょに貨物室に乗っていたのだ」

「申しわけありません」曹長がいった。

オゼクはパレットのあいだから目を配り、なにが起きているのかと思った乗客数人がふりかえっているのに気づいた。「まあ、もう手遅れだな。行くぞ」曹長がうなずき、オゼクをコクピットに案内した。将軍が申し出を断っていたら、機長に弁解しなければならないところだったので、曹長はほっとしていた。

オゼクはもう何年もKC-135Rストラトタンカーのコクピットにはいったことがなかったので、記憶にあるよりずっと狭苦しく、やかましく、臭いように思えた。

オゼクは歩兵部隊にいることが長かったので、男たちが飛行機に惹《ひ》かれるわけを理解しようとも思わなかった。航空機搭乗員の命は、人知を超えた不可解な力と法則に支配される。そんな生きかたは願い下げだと、オゼクは思っていた。エンジンを換装したKC－135Rは、優秀な飛行機だが、機体そのものはたいがい五十年以上もたっている――このKC－135Rは機齢が四十五年だから、若いほうだが、やはり老いが目立ちはじめていた。

とはいえ、最近のトルコ共和国では、航空力の増強に血道をあげているように思える。先ごろも、アメリカから余剰品の戦術戦闘機や攻撃機を、合計数十機購入したばかりだった。評判の高いF－16ファイティング・ファルコン戦闘爆撃機は、トルコでもライセンス生産されている。実用一点張りの不格好な姿のために〝イボイノシシ〟と呼ばれるA－10サンダーボルト近接地上支援機。AH－1コブラ攻撃ヘリコプター。F－15イーグル制空戦闘機。戦闘で実力が証明された老朽装備をアメリカが手放したがっているおかげで、トルコは世界の一流国なみの地域軍事国になりつつある。

曹長はオゼクにヘッドセットを渡し、機長と副操縦士のあいだの教官席を指し示した。「邪魔されたくないと思っておられたのは、わかっています」機長が、インターコムを通じていった。「ですが、席があいていますし、眺めを楽しめるのではないかと思いました」

「そうだな」オゼクはそっけなく答え、司令部に戻ったらこの機長を解任しようと、頭のなかにメモした。トルコ空軍には命令に忠実に従う男女パイロットがおおぜいいて、空中給油機の機長の席があくのを待っているのだ。「空港のセキュリティ状況は？」

「問題なし《グリーン》です」機長が報告した。「もう一カ月も変化はありません」

「この地域ではＰＫＫのテロ活動が、わずか二十四日前にあったばかりだ、大尉」オゼクは、いらだたしげにいった。ＰＫＫと略されるクルディスタン労働者党《パルティヤ・カルケレン・クルディスタン》は、非合法のマルクス主義者軍事組織で、トルコ南東部、イラク北部、シリア北東部、イラン北西部のそれぞれのクルド人が多数居住する地域を、それぞれの国から分離して、ひとつの国を樹立することをもくろんでいる。国際社会に注目され、関係各国が解決策を打ち出すよう圧力をかけるために、ＰＫＫは軍事基地や空港などの警備が厳重な民間施設に対し、テロ攻撃や武力行使を行なっている。「われわれは片時も警戒を怠ってはならない」

「はい、将軍」機長が、小声で返事をした。

「最大性能進入《アプローチ》を行なっていないな、大尉？」

「えー……はい、将軍」機長が答えた。「セキュリティ状況が問題なし《グリーン》ですし、雲底が低く、視程が悪いので、管制塔が通常カテゴリーのアプローチを勧めました」生唾《なまつば》を呑《の》んでから、つけくわえた。「将軍や乗客のみなさんを最大性能降下でお騒がせしたくなかったので」

オゼクは、馬鹿な機長を叱りつけたいところだったが、すでにＩＬＳアプローチを開始しており、まもなく作業があわただしくなるはずだった。最大性能での離陸とアプローチは、歩兵携行式の対空火器による必殺範囲を縮小するために編み出された。ＰＫＫはロシア製のＳＡ‐７とＳＡ‐14で、トルコ政府の航空機を何度か攻撃していた。

だが、きょうはそういう攻撃を受ける可能性は低かった。雲底が低く、視程がかなり悪いので、銃手が攻撃できる時間は限られている。それに、攻撃はたいがい、着陸時ではなく大型ヘリコプターかヘリコプターよりもずっと大きい固定翼機の離陸直後に行なわれる。ミサイルの目標検知追尾装置が、明るい熱源にロック・オンしやすいからだ。いっぽう、アプローチ中はエンジンの出力が絞られ、温度が下がるので、ミサイルがロック・オンするのが難しく、電子妨害《ジャミング》や囮《デコイ》で防御しやすい。

機長がそれに賭《か》けていることが、オゼクは気に入らなかった――しかも、上官の気を惹くために、そういうことをしている――だが、もう濃い雲のなかにはいっていたし、悪天候中に山が近いところでアプローチを中止するのは、得策とはいえなかった。オゼクはじっと座って、胸の前で腕組みすることで怒りを示し、「このままやれ、大尉」とだけいった。

「はい、将軍」機長がほっとして答えた。「副操縦士、グライドパス到達前チェック旅客リストを頼む」そうはいっても、この機長は民間機なら、いい機長になれるだろうと、オゼクは思った。トルコ空軍からはもうじき追い出されることになるだろうが、

機の機長なら立派につとまるだろう。

トルコ政府とクルド人の紛争が変容しつつあるなかで、残念なことにこういう無気力な態度がますます目立つようになっている。クルディスタン労働者党《PKK》は、幅広い大衆の支援を得るために、自由と民主主義のための議会《PAG》という穏健な組織名に改称し、文書や演説ではクルディスタンという言葉を使うのを避けている。集会や広報紙でも、クルド人の独立国家のために武装闘争を行なうことだけを唱導するのではなく、世界中の抑圧されたひとびとの苦しみを和らげる人権擁護法を増やすよう唱えている。

だが、それは計略だった。ＰＫＫはいままで以上に強大になり、資金が潤沢になって、攻撃性を増している。アメリカのイラク侵攻でサダム・フセインの支配が崩壊し、さらにイランで内戦が起きたため、クルド人反政府勢力はその混乱に乗じ、周辺国で基盤を固めようとして、無数にある安全な拠点からトルコ、イラク、イラン、シリアに果敢に越境攻撃を仕掛けている。トルコ軍が対応するたびに、クルド人側はジェノサイドだと非難するので、トルコ政府は軍に追撃を中止するよう命じざるをえなくな

る。

　それがクルド人を一層増長させている。最近それが、女テロリスト指導者の登場という異様な事態にまで発展した。本名はだれも知らず、アラビア語で〝鷹《たか》〟を意味するバーズという綽名で呼ばれている。思いがけないときにすばやく襲いかかり、まるで飛び去ったかのように追跡者たちからいとも簡単に逃れるからだ。クルド独立運動の主力としてバーズが出現し、血で血を洗う戦いを呼びかけているのに、トルコ政府もイラク政府も煮え切らない対応しかしない。それがオゼクには気がかりだった。

「まもなくグライドスロープ到達」副操縦士がいった。

「着陸装置《ギア・ダウン》おろせ」機長がいった。

「ようし」副操縦士がいい、機長の右膝《ひざ》の上にある丸っこい着陸装置操作レバーを〝ダウン〟の位置にした。「着陸装置《ギア》がおります……三脚とも異状《グリーン》なし、異状《イエロー》見られず、ポンプ作動ライト確認、着陸装置《ギア・ダウン》はおりて、ロックされた」

　機長が、降着装置ライトを確認し、〝着陸装置油圧〟ライトを押して確認するあいだだけ、水平状況指示器《HSI》から目を離した。「確認した、着陸装置《ギア・ダウン》はおりて、ロックされている」

「進路よし、グライドスロープよし」副操縦士がいった。「進入限界高度まで二〇〇〇フィート」副操縦士は手をのばして、対気速度計をそっと叩き、対気速度がほんのすこし落ちていることを、機長に無言で注意した。将軍がすぐそばにいるので、些細《ささい》なあやまちでも目立たないようにしたかった。対気速度は五ノットしか落ちていなかったが、計器進入では小さなミスが重なって膨大なミスになるおそれがあるので、問題が大きくなる前に見つけて修正したほうがいい。

「ありがとう《テシエキユル・エデリム》」ミスに気づいた機長が返事をした。ミスに自分で気づいていたなら、ただ〝了解〟と応答したはずだ。礼をいったのは、副操縦士の注意が適切だったからだ。「あと一〇〇〇フィート」

雲間を抜けた陽光が、コクピットの窓から射し込みはじめ、まもなくまばらな雲《スキャタード》（雲量が全天の八分の三ないし四）から陽射しが漏れてきた。オゼクが外に目を向けると、滑走路のセンターラインに機首の向きがぴたりと一致していた。進入灯を見て、グライドスロープに乗っていることがわかった。「滑走路を目視」副操縦士がつげた。ＩＬＳに設定した飛行指示装置の針がすこしぶれはじめたのは、機長がＨＳＩから目を離して、滑走路のほうを覗《のぞ》き込んでいるからだ。「アプローチを続行」

「ありがとう」またちょっとしたミスだ。「進入限界高度まで五〇〇フィート。着陸前チェックリストに備え……」

計器ではなく窓の外にずっと目を向けていたオゼクが、最初に気づいた。左前方の交差点から、煙のねじれた白い条《すじ》が近づいてくる。そこは空港の周辺防御柵《さく》の内側で、煙はこちらめがけて直進していた。「矢《ストレラ》！」オゼクが叫んだのは、欧米がSA‐7と呼んでいるロシア製歩兵携行式地対空ミサイルのロシアでの名称だった。「右緊急《ブレーク・》退避旋回《ライト》、急げ！」

機長は機敏にオゼクの命令に従った。操縦輪をすぐさま右にまわして、スロットルレバー四本をミリタリー・パワー（アフターバーナーを使わない範囲での最大推力）に押し込んだ。だが、もう手遅れだった。一度しかチャンスはないと、オゼクにはわかっていた。それが新型のSA‐14ではなく、SA‐7であることを願うしかない。旧式のSA‐7は熱い〝点〟を目当てに自動誘導するが、SA‐14の場合はキャノピイから反射する陽光くらいの熱源でも追跡できる。

ひとつまばたきをするあいだに、ミサイルは消えていた——ほんの数メートルの差で、左翼には当たらなかったのだ。だが、異常が起きていた。コクピットで警報が鳴り響いた。直進でふたたび滑走路のセンターラインに合わせるために、機長が必死でKC‐135を左旋回させようとしていたが、機体が反応しなかった。補助翼《エルロン》が効かず、左主翼があがったままで、おりようとしなかった。推力全開でも、完全な失速に陥っていて、いまにもきりもみを起こしそうだった。

「なにをやっているんだ、大尉！」オゼクはどなった。「機首を下げて、左右を水平にしろ！」

「旋回できない！」機長が、悲鳴をあげた。

「滑走路へは行けない——左右を水平にして、不時着できるところを探せ！」オゼクはいった。副操縦士側の窓から見て、サッカー場を見つけた。「あそこだ！　サッカー場がある！　あそこがおまえの着陸地点だ！」

「戻せます。着陸をやり直し……」

「だめだ。戻せない。手遅れだ」オゼクはどなった。「機首を下げて、サッカー場へ向かわないと、全員死ぬ！」

そのあとのことは五秒以内に起きたのだが、オゼクはスローモーションで見ているような心地がした。機長は失速した空中給油機を上昇させるのをあきらめ、操縦輪にかかっていた力を抜いた。そのとたんに、推力全開のエンジンの力にエルロンが反応し、左右水平に立て直すことができた。機首が下がり、対気速度が急激に増したおかげで、着陸姿勢をどうにか維持できた。機長はスロットルを最小推力《アイドル》に戻し、大型空中給油機が地面にぶつかる直前に〝停止〟に入れた。

オゼクは、前にひっぱられて、中央コントロール・パネルに激突しそうになったが、肩と膝のベルトがそれを防いだ。前にもっとひどい不時着を経験しているのを、苦々しく思い出した……そのとき、前脚が激しく着地して、体がふたつにちぎれたかと思われた。前脚が折れて、泥と芝が破れた風防から津波のように押し寄せた。空中給油機はサッカーのゴールポストを突き抜け、フェンスと車庫と倉庫を壊して突進し、基地の体育館にぶつかってとまった。

1

翌朝
ニューメキシコ州　ホワイトサンズ・ミサイル試射場

「マスターズ22《ツー・ツー》、こちらホワイトサンズ」携帯無線機が息を吹き返して、金属的な音が早朝の静かな大気を切り裂いた。「離陸を承認する。滑走路10、風平穏《カーム》、気圧高度計規正《アルティメーター・セッティング》二九・九七。脅威コンディション・レッド、くりかえす、レッドだ。復唱しろ」

「了解、マスターズ22、離陸承認、滑走路10、脅威コンディション・レッド」

奇妙な形の大きな飛行機が、エンジンの回転をあげ、現用の滑走路に出る準備をした。B‐2スピリット〝全翼〟ステルス爆撃機に似ているが、その大陸間爆撃機よりもずんぐりしているので、積載能力がはるかに大きいとわかる。エンジンは胴体に収められておらず、三基が短いパイロンによって胴体後部の上に取り付けられている。

その奇怪な〝翼のついたグッピー〟機が、地上走行《タキシング》して待機場を横切り、使用中の滑走路に出たとき、約一・五キロメートル西で、布の帽子、目出し帽、パッド入りの厚いグリーンのジャケット、厚い手袋というういでたちの男が、MANPADS（携行型地対空ミサイル）発射機を右肩にかついだ。野菜の缶詰くらいの大きさのものを、発射機の下から差し込んだ。それはミサイルの赤外線シーカー（目標検知追随装置）とバッテリーを冷やすための、アルゴン・ガス冷却装置だった。

「神は偉大なり《アッラーフ・アクバル》、アッラーフ・アクバル」男は低い声で唱えた。そして、立ちあがり、離陸に備えてエンジンの回転があがり、タービンの響きがしだいに高まっている方角に、MANPADS発射機を向けた。まだ暗く、遠い飛行機が見えなかったので、ミサイルを発射しようとしている男は暗視ゴーグルを目の前に引きおろし、機械式照準器で狙いを定められるように、顔の向きを直した。一体化された安全装置兼作動レバーを押して放すことで、発射機を作動させた。ミサイルの誘導システム内で回転しはじめたジャイロの音が、砂漠を轟然《ごうぜん》と走る大型機の爆音のなかでも聞こえた。

遠ざかる大型機のグリーンと白で表示された画像に照準器の中心を合わせると同時に、MANPADSの赤外線センサーが旅客機のジェット・エンジン排気にロック・オンしたことを示す低いうなりが、ヘッドホンから聞こえた。そこで男は〝アンケージ〟・レバー（アンケージとは、ジャイロスコープを固定する機能を解除すること）を握り込んで、押さえたままにした。目標を捕捉したことを伝える電子音が、さらに大きくなり、ミサイルがターゲットをしっかりと捉えて追跡していることを伝えた。

地上を走行しているときに命中しても、搭乗員が飛行機を滑走路で無事に停止させ、火災をすぐに消しとめて、損害を最小限に抑えるかもしれないので、離陸するまで待った。離昇の五秒後が、もっとも脆弱《ぜいじゃく》になる。まだ加速がゆるやかだし、着陸装置の収納が終わっていないので、エンジン一基が停止したら、搭乗員がよっぽどすばやく正確に対応しないと、惨事を避けることはできない。

絶好のタイミングだった。男はもう一度、「アッラーフ・アクバル」とささやき、ターゲットを機械式照準器の左端で捉えるような迎角に、発射機を高々と抱え、ミサイルの排気を吸い込まないように、深く息を吸ってとめ、引き金を引いた。

小型の射出ロケットが、ミサイルを発射機から一〇メートル上まで撃ち出した。ミサイルが落下をはじめた瞬間、第一段固定燃料ロケットが点火され、ミサイルはターゲットめがけて飛びはじめた。センサーで確実にロック・オンしていた。ミサイルを発射した男は、MANPADS発射機の筒口を下に向け、にんまりと笑いながら、暗視ゴーグルで射撃の成果を見守った。一瞬ののちに、火の玉となってミサイルが爆発するのが見えた。「アッラーフ・くそアクバル」男はつぶやいた。「すげえ」

だが、ミサイル攻撃に対する反撃は、それだけではすまなかった。一秒後に爆発音が聞こえたとき、男は全身をすさまじい高温で灼《や》かれるような感覚を味わった。わけがわからず、方向感覚が狂って、空になったMANPADS発射機を地面にほうり出した。まるで全身が突然、燃えあがったかのようだった。転がれば火を消せるだろうと思い、地面に倒れ込んだが、熱は激しくなるいっぽうだった。目が見えなくならないように手で覆い、火あぶりになるのを避けようと、体を丸める防御姿勢をとるほかに、なにもできなかった。男が悲鳴をあげたとき、炎がひろがって男を呑み込もうとした……。

「おい、ボス、どうした?」ヘッドホンから声が聞こえた。「だいじょうぶか? すぐにそっちへ行く。がんばれ!」

肩で息をしていて、血流にどっとアドレナリンが殺到し、動悸《どうき》が激しくなった。しばし声も出なかった……だが、灼かれる感覚は急に消えていた。男はようやく立ちあがり、服から土を払い落とした。激しい痛みが記憶に残っているだけで、なにかが起きたことを示す証拠は、なにひとつなかった。「いや……まあ、なんとか……だいじょうぶだ」ミサイルを発射した男――ジョナサン・コリン・マスターズ博士は、ふるえる声で答えた。「いや、ちょっとまいった」

ジョン・マスターズは五十をまわったところだったが、細面《ほそおもて》、大きな耳、ひょろ長い手脚、ゆがんだ笑み、ヘッドセットからはみ出している癖のある茶色の髪が相まって、いくつになってもティーンエイジャーのように見える。マスターズは、小規模な国防研究・開発企業のスカイ・マスターズ社の最高業務執行責任者《COO》だった。同社を二十年前に創業してからずっと、マスターズは、最新鋭の航空機、人工衛星、兵器、センサー、先進的な素材テクノロジーを、アメリカ合衆国のために開発してきた。

社名はまだ自分の名前のままだが、マスターズはいまは会社を所有していない。元妻でビジネス・パートナーのヘレン・カッディリが率いる取締役会と、若い社長のケルシー・ダッフィールドが、会社の経営を行なっている。マスターズはやろうと思えば一生世界旅行をつづけられるほど裕福だったが、研究室で新しい奇天烈な装置を設計したり、現場でそれをテストしたりするのを楽しんでいた。取締役会がマスターズのご機嫌をとって、ＭＡＮＰＡＤＳ発射機で実弾のミサイルを発射したり、試射の際にミサイル射爆場にいたりするのを許すとは考えられないのだが……ひょっとして、マスターズが自分の発明品に殺されるのを望んでいるのかもしれない。長い月日のあいだに、そうなりかけたことは何度もあった。

高機動多用途装輪車《ハンヴィー》と支援車両数両――念のため、救急車もいた――が、マスターズをヘッドライトやスポットライトで照らしながら、近づいてきた。現場で一両目のハンヴィーからひとりが跳びおりて、マスターズに駆け寄った。「だいじょうぶか、ジョン?」ハンター・〝爆発屋《ブーマー》〟・ノーブルがきいた。ブーマーは二十五歳で、スカイ・マスターズ社の航空兵器開発担当副社長だった。元は米空軍のテスト・パイロット、エンジニア、宇宙飛行士だった。以前は、奇抜な航空機兼宇宙機システムを設計し、完成機を自分で操縦するという、だれもがうらやむような仕事についていた。ブーマーは、一段ロケットで軌道に乗る革命的なテクノロジーのXR‐A9ブラック・スタリオン宇宙機を飛ばして、アメリカのすべての宇宙飛行士が十年をかけて成し遂げた機動飛行の回数を、二年足らずでこなした。「びっくりした。さっきはどうなるかとひやひやしたよ！」

「心配ないっていっただろう」数分前のようなふるえ声ではないことにほっとしながら、マスターズはいった。「発信機の目盛をちょっとあげすぎたんじゃないのか、ブーマー？」

「最低の設定にしたよ、ボス。それに、何度も確認した」ブーマーはいった。「近すぎたのかもしれない。レーザーの射程は八〇キロだ。あんたに当たったときは、三キロしか離れていなかった。自分のテストで主役をつとめるなんていう考えがよくなかったんじゃないのか、ボス」

「忠告ありがとう、ブーマー」手のふるえをだれにも気づかれないことを願いながら、マスターズは弱々しく答えた。「うまくいったよ、ブーマー。スリングショット自動ミサイル防御兵器は、完全に成功したといっていいだろう」

「わたしもそう思う、ブーマー」うしろからべつの声が聞こえた。もう一両のハンヴィーから、早朝の寒さをしのぐために、ビジネスーツの上に長い黒のコートを着て、手袋をはめている男ふたりが近づいてきた。おなじ服装だがコートの前をあけている男ふたりが、そのあとに従っていた……コートの下でハーネスに吊《つ》るされた自動火器をすぐに取り出せるようにしている。胡麻塩《ごましお》の髪をすこし長めにのばして、山羊鬚《やぎひげ》をはやした男が、マスターズのほうに指をふって、さらにいった。「きみは自殺しかけたな……今回もまた」

「いや……予定どおりだったよ、元大統領」

ケヴィン・マーティンデイル元アメリカ合衆国大統領が、信じられないというように天を仰いだ。何十年もワシントンDCの政界の大物でありつづけたマーティンデイルは、下院議員六期、副大統領二期、大統領を一期つとめたあと、大統領選挙で敗れた。その後、また当選し、ふたり目の返り咲きアメリカ大統領になった（ひとり目はグローヴァー・クリーヴランド大統領）。

マーティンデイルは、任期中に離婚した初の副大統領でもあった。いまはずっと独身主義を通していて、若い女優やスポーツ選手と会っているのをしばしば目撃されている。六十を超えているが、いかつい感じの美男子で、自信に満ちている。山羊鬚と、〝カメラマンの夢〟と呼ばれる有名な銀色の巻き毛がふた房ある、波打つ長い髪のせいで、いささか悪魔じみて見える。怒ったり感情が昂《たかぶ》ったりすると、その巻き毛がすっと額におりてくる。

「ジョンはいまだに自分のテストに参加したいんですよ、元大統領——それも、突飛なやつほどうれしいんですよ」マーティンデイルの横に立っていたパトリック・マクラナハン退役空軍中将がいった。マーティンデイルよりも背は低いが、がっしりした体つきだった。マーティンデイルとおなじように、マクラナハンも伝説的人物だが、戦略航空戦という影の世界のみで知られている存在だ。米空軍でＢ‐52ストラトフォートレス爆撃機の航法士兼爆撃手を五年つとめたあと、抜擢《ばってき》されて、超極秘研究開発施設のハイ・テクノロジー航空宇宙兵器センター《ＨＡＷＣ》に転任になった。ＨＡＷＣはネヴァダ州の砂漠にある空軍基地で、〝ドリームランド〟と呼ばれ、地図には載っていない。

大胆でだれにも抑えつけることができない初代所長、ブラッドリー・ジェイムズ・エリオット空軍中将のもとで、ＨＡＷＣはホワイトハウスの命により、敵国が紛争を全面的な戦争に拡大するのを防ぐために、他の部隊がまだ運用していない——ことによると将来も運用することがない——最新鋭の実験的なテクノロジーを用いて、世界中で秘密任務を行なってきた。

ＨＡＷＣはことに、旧式機に新システムや新テクノロジーを組み合わせて前代未聞の任務を行なわせたり、秘密テスト・プログラムのために持ち込まれた兵器を実用化したりして、潜在的な敵をすばやくひそかに制圧することに長《た》けていた。HAWCの任務はほとんどが、公にされていない。新型機のテスト飛行を行なうパイロットたちは、それをはじめて操縦したのが自分ではないことや、HAWCが開発を手がけた機体であることを知らない場合が多い。さらに、それが実戦ですでに使用されたことなど知る由もない。搭乗員やエンジニアが任務で命を落としたときは、それが軍人であろうと民間人であろうと、どういう経緯で亡くなったのかを家族が知らされることはぜったいにない。

エリオット将軍の頑固一徹の統率力と、HAWCの恐るべき戦闘能力は、文民《シビリアン》と軍の指導者たちの予想を絶していた。HAWCはしばしば無許可で自主的に、これまでにない脅威に対応してきたが、その全容を知るものはいない。そのため、不信を招き、ついに政府と国防総省の上層部に糾弾され、孤立したHAWCは活動が危ぶまれるようになった。

HAWCでもっとも経験豊富で、実戦で鍛えられた搭乗員兼システム・オペレーターのマクラナハンは、HAWCにいた十四年のあいだに、称揚され、罰せられ、昇級し、解任され、叙勲され、名誉を失うということをくりかえしてきた。湾岸戦争を指揮したノーマン・シュワルツコフ以来もっとも英雄的な米軍将官だと大多数に見なされていたにもかかわらず、マクラナハンは、ファンファーレも称揚もなく、だれからも感謝も受けずに、登場したときとおなじようにひっそりと空軍を退役した。

ケヴィン・マーティンデイルは、副大統領のときも大統領のときも、HAWCをもっとも熱烈に支援し、売り込んだ。それに、勝算がどんなに低くても、パトリック・マクラナハンが仕事をやってのけることは当てにできると、長年の付き合いからわかっていた。ふたりともいまは公職を退いているので、ニューメキシコの秘密兵器テスト場にふたりが並んで立っているのを見ても、マスターズは意外には思わなかった。

「あらためておめでとう、マスターズ博士」マーティンデイルがいった。「そのスリングショット・レーザー自衛システムは、どんな航空機にも搭載できるんだろう?」

「ええ、できますよ」ブーマーがいった。「必要なのは電源と、三〇センチ四方のアクセス・パネルだけです。赤外線感知装置とビーム指向制御装置を収めた圧力容器を、そこから取り付けます。取り付けと調整は数日でできます」

「機体の周囲に防護の繭《まゆ》をこしらえるのか、それともただビームをミサイルに発射するだけなのか?」

「パワーを節約し、レーザー・ビームの破壊力を最大化するために、敵ミサイルにビームを集中します」マスターズが説明した。「赤外線感知装置がミサイル発射を探知すると、千分の一秒以内に、集中された高出力のレーザー・エネルギーがその方向へ発射されます。つづいて、システムがおおよその発射点を算出し、悪党どもをノックアウトします」

「レーザー・ビームが当たったときの感じはどうだった、ジョン?」マクラナハンはきいた。

「煮えたぎっているフライ用の油に浸《つ》けられたみたいだった」マスターズが、弱々しい笑みを浮かべた。「最低の出力でもそんなふうなんだ」

「レーザーは、ほかにどんなことができるのかね、ジョン?」マーティンデイルはきいた。「HAWCが過去に攻撃レーザー・システムを実戦配備したことは知っている。スリングショットも、そういうものなんだろう?」

「いや、このレーザーはもちろん自衛だけに使われます」マスターズが、皮肉っぽく答えた。

「XC-57がもう爆撃機ではないというのと、おなじ理屈だね、ジョン?」

「そうですよ。アメリカ政府は国防産業が攻撃兵器を建造して、そのテクノロジーを外国との関係を悪化させたり、法を破ったりするのに使うことを許していません。ですから、このレーザー・システムは、射程と性能をかなり限定してあります——相手は戦術対空システムとその操作員のみに絞られます」

「そうすると、解釈の余地はいくらでもあるじゃないか」マクラナハンは指摘した。「ノブをすこしまわして、出力をあげることもできる」

「ここだけの話だが、マック、それは不可能だということにしておいてくれ」マスターズがいった。

マーティンデイルが、さきほど離陸した飛行機の方角を、手で示した。いまは着陸に備えて、追い風進入《ダウンウィンド・アプローチ》を行なおうとしている。「新しい大型機をシステムの試験台に使うのは、きわめて危険じゃないのか、博士？」マーティンデイルはきいた。「ほんもののスティンガー・ミサイルを自分の飛行機めがけて発射したわけだろう？　何百万ドルもする飛行機をあんなふうに危険にさらしたら、株主はよろこばないだろうな」

「もちろん、あなたがたが感涙に咽《むせ》ぶのを狙ったんですよ」マスターズは答えた。「取締役や株主が知らないほうがいいこともあるわけですからね。それに、XC-57〝ルーザー〟は無人機です」

「〝負け犬《ルーザー》〟とはね」マクラナハンはちくりといった。「あんたが思いつく名前のなかでも、あまり格好いいほうじゃないな」

「いったいどうしてそう名付けたんだ？」マーティンデイルがきいた。

「次世代爆撃機のコンペで敗れたからですよ」マスターズは説明した。「無人機はいらないというわけですよ。もっとステルス性が高く、速度が速いものが望まれていたんです。ぼくは積載能力の高さと、航続距離を重んじたんです。極超音速離隔兵器を積めるとわかっていたし、その場合、ステルス性は無用です。

それに、ぼくは無人機の設計と建造を何年も手がけてきました――上層部に気に入られなかったからといって、検討をやめる必要はないですよ。次世代爆撃機は、これまでとはちがうから〝次世代〟なんですよ。この設計は考慮もされなかった。彼らにとって大きな損失です。おまけに、建造を十年禁止されました」

「でも建造した」

「でも、爆撃機じゃないですよ、元大統領――あれは多機能輸送機です」マスターズはいった。「なにかを投下するようには設計されていない。なにかを取り付けられるだけです」

マーティンデイルが、嘆かわしいというように首をふった。「法律から逃れようとして小細工か……そういうことをやるやつを、ほかにも知っているような気がする」

マクラナハンは黙っていた。「それで、きみは無人機を――爆撃機ではない無人機を使い、攻撃兵器ではないレーザーの実験を行ない、人体への影響をテストするために、自分を射線にさらけ出したわけだな？　じつに理路整然としているな」マーティンデイルは冷ややかにそういった。「たしかにわたしは感涙に咽んだ」

「ありがとうございます」

「現在、ルーザーは何機飛んでいるんだ？」マクラナハンはきいた。

「あと二機だけ――新世代爆撃機《NGB》コンペのために三機建造したけど、設計が却下された時点で、二機目と三機目の作業は中止した」マスターズが答えた。「まだ研究開発プログラムなので、優先順位が低かった……元大統領が電話してくれるまでは。ハイテク機体だけではなく、商用機にもシステムを取り付けることを検討中です」

「近くで見ようじゃないか、ジョン」マーティンデイルがいった。

「ええ。見やすいようにゆっくり飛ばしてから、着陸させます。低空飛行を見てください――信じられませんよ」ウォーキイトーキイを出して、管制センターに指示しようとしたが、レーザーに灼かれて壊れていた。「テストの前にポケットから出すのを忘れてた」ばつが悪そうにそういって、笑いを押し殺している三人に笑みを向けた。

「いつもそんなふうに壊しちまう。ブーマー……？」

「わかってるよ、ボス」ブーマーがいった。「低空、低速？」マスターズがうなずくと、ブーマーはウィンクして、移動管制センターのバンに無線で指示した。

ほどなくXC‐57が最終進入《ファイナル・アプローチ》の位置に現われた。絶対高度五〇フィートという低空で機体を左右水平にして、大型機にしては驚くほどの低速で飛んでいた。まるでバルサ材でこしらえた馬鹿でかい模型飛行機が、そよ風に乗って漂っているようだった。

「妊娠したステルス爆撃機の機体の外にエンジンをつけたみたいだな」マーティンデイルが評した。「いまにも空から落ちてきそうだ。どうしてあんなふうに飛べるんだ？」

「通常の操縦系統や揚力発生装置は使っていません――任務適応《ミッション・アダプティヴ》テクノロジーを使って飛行します」マスターズはいった。「胴体と翼のほとんどすべての面が、揚力もしくは抗力を発生する装置になります。有人でも無人でも飛行できます。積載重量は三〇トン近く、標準の貨物パレットが四台積めます。

しかし、ルーザーの独特のシステムには、完備した一体型貨物処理能力があり、飛行中でも機内でコンテナを移動できます」マスターズは、なおも説明した。「ブーマーが入社したときの最初の提案でした。それ以来、市販の航空機すべてに取り付けるのに、わが社は大忙しだよな、ブーマー？」

「まあ、輸送機にそういう問題があるのをずっと見てきたからね。いったん貨物を積み込んだら、機体もスペースも貨物も変更できなくなる」ブーマーはいった。「貨物を積んだとたんに、輸送機は死んだのとおなじだ」

「輸送機は貨物を積むためのものだろう、ブーマー。ほかになにをしようというんだ？」マーティンデイルがきいた。

「輸送機というのは、ひとつの様態にすぎないかもしれませんよ」ブーマーは答えた。「でも、貨物を移動して、モジュール型コンテナを機内に入れれば、給油や監視に使えます。いますごく流行《はや》っている海軍の沿海域戦闘艦とおなじ考えかたに基づいています――どの兵器《ハードウェア》・装備のモジュールを搭載するかによって、一隻《せき》の軍艦でさまざまな任務が実行できるようになります」

「プラグ&プレイか？　そんなに簡単なのか？」

「重量とバランス、燃料システム、電子システムを統合させるのは、簡単ではなかったですよ」ブーマーは正直にいった。「でも、バグは除去できたと思います。バランスをとるために、いくつもあるタンクの燃料を移動します。任務適応システムがなかったら、まったく不可能だったでしょうね。ルーザーが貨物や任務モジュールを積み込むには、貨物ハッチと胴体下《ベリー》ハッチを――」

「ベリー・ハッチ？」マーティンデイルが、ウィンクをしてさえぎった。「爆弾倉《ボム・ベイ》のことだな？」

「爆弾倉じゃないですよ。貨物出し入れハッチです」マスターズが反論した。「前はたしかに爆弾倉がありましたよ。そこをただふさぐのは適切じゃないと思って――」

「それで、貨物出し入れハッチになったわけか」マーティンデイルはいった。「なるほど、博士」

「そうですよ」マスターズは、自分の解釈をいちいち弁解しなければならないのが腹立たしい、というふりをした。「ブーマーのシステムは、モジュールを任務の必要に応じて、自動的に並べ替え、接続し、電源を入れます。すべて遠隔操作《リモコン》です。飛行中でもおなじことができます。モジュールが必要になったり、空《から》になったりしたときには、貨物処理システムが交換を行ないます」

「どういうモジュールが使えるんだ、ジョン?」マーティンデイルはきいた。

「毎月、新しいのを製作していますよ」マスターズが、得意げにいった。「ブーム式空中給油モジュールとホース&ドローグ式翼端ポッドの二種類の給油方式が使えます。地上で取り付けて、プローブのある航空機に空中給油できます（ドローグはホースの先端のじょうご型の給油口で、そこにプローブ〔受油パイプ〕を差し込んで給油を受ける）。衛星データリンクを備え、空中と地上を監視するレーザー・レーダー・モジュールもあります。赤外線・電子光学監視モジュール、能動自衛モジュールもあります。ネトルージョン・モジュールとフライトホーク制御システムは、完成に近づいています――ルーザーからフライトホークを発進させ、操縦し、ことによっては給油や再武装もできるようにします」

「もちろん、ホワイトハウスの許可がおりれば、攻撃モジュールも開発したいんです」ブーマーが口を挟んだ。「高出力マイクロ波とレーザー指向エネルギー・テクノロジーもかなり順調に進んでいるので、もうじきできあがるかもしれません――ホワイトハウスを説得して、つづけさせてもらえれば」

「ブーマーがそういうのには、強い動機があるんですよ」マスターズがいい添えた。

「ルーザーを宇宙に飛ばすまでは、満足しないでしょうね」

マーティンデイルとマクラナハンは、顔を見合わせた。ふたりとも瞬時に相手が考えていることを察した。そして、巨大なルーザー無人機が空飛ぶ円盤のようにゆっくりとした動きで滑走路に滑空してくる、この世のものとも思われない光景を眺めた。

「マスターズ博士、ノーブル君……」マーティンデイル元大統領がいいかけたとき、XC‐57ルーザーが不意に力強いエンジンの轟音を響かせて加速し、信じられないような急角度で上昇して、たちまち視界から消えた。マーティンデイルはあらためて驚嘆し、首をふった。「どこか話ができる場所はないか、きみたち？」

2

黄泉《よみ》の国への旅路は易《やす》し。

――ギリシャの牧歌詩人ビオン　紀元前三二五 - 二五五年

翌朝
トルコ　アンカラ　チャンカヤ　大統領官邸

「わたしが赤ん坊みたいに泣き叫びはじめるまえに、ドアを閉めろ」トルコ共和国大統領クルザト・ヒルシズが、目を拭《ぬぐ》ってからハンカチをしまいながらいった。「死者のひとりは二歳だった。いたいけな幼児だ。まだ〝PKK〟ということすらできなかっただろう」

痩《や》せていて、卵型の顔で長身のヒルシズは、トルコ共和国の最高指導者であるとともに、弁護士、学者であり、マクロ経済の泰斗《たいと》でもあった。世界銀行の理事を長年つとめ、発展途上国の経済政策について世界各地で講演を行なったあと、首相に任命された。母国のトルコばかりではなく、国際社会でも人気があり、大国民議会によって大統領に選出されたときは、史上最高の得票率だった。

ヒルシズと上級補佐官たちは、アンカラのチャンカヤにある大統領府での記者会見から戻ったばかりだった。テレビ中継の記者会見の直前に渡された死者の名簿を読みあげてから、ヒルシズは質問を受けた。死者のひとりがよちよち歩きの幼児だったことをレポーターのひとりから知らされると、ヒルシズは急に取り乱して、あられもなく泣き、会見を唐突に終わらせた。「犠牲者全員の名前と電話番号と詳しいことを知りたい。この会議のあとで、わたしが遺族に電話をかける」ヒルシズのその命令を伝えるために、補佐官のひとりが電話を手にした。「遺族それぞれの葬儀にも出席する」ヒルシズはいった。

「あんなふうに取り乱したのは、なにも恥ずかしいことではありません」アイシェ・アカス首相がいった。アカスはトルコ国内では強烈な個性としたたかな政治手腕で知られている。元の夫ふたりもそのとおりだと請け合うに違いないが、そんな彼女ですら、やはり目を赤く泣き腫《は》らしていた。「大統領の人間らしさの表われです」

「レポーターがひしめいている前でわたしが泣くのを見て、ＰＫＫのちくしょうどもが笑うのが聞こえるようだ」ヒルシズはいった。「やつらは二重の勝ちを収める。警備手順の手落ちにつけいったうえに、わたしが抑制を失ったことを嘲笑《ちょうしょう》して」

「三十年近く、わたしたちが全世界に向けて述べてきた主張の正しさが、強固になっただけです——ＰＫＫは現在も未来も、人殺しの悪質な集団だということが」トルコ国家安全保障評議会事務総長のオルハン・サヒン大将が反論した。サヒン陸軍大将は、大統領府《チャンカヤ》、参謀本部《バシュカンリー》の各軍司令部、六つあるトルコの主要情報機関の諜報《ちょうほう》活動の調整を行なっている。「二〇〇七年の越境攻撃以来、最大の被害をこうむった、卑劣極まりないＰＫＫの攻撃です。しかも、きわめて大胆不敵です。地上の死者六人を含めて、死者十五人。国家憲兵《ジャンダルマ》司令官オゼク将軍を含めて、負傷者五十一人。輸送機兼給油機一機を全損」

　ヒルシズ大統領がデスクに戻って、ネクタイをゆるめ、煙草に火をつけた。執務室にいる他のものもおなじようにしろという合図だった。「捜査の現況はどうなっている、将軍？」ヒルシズはきいた。

「進んでいます、大統領」サヒンが答えた。「最初の報告からして、衝撃的でした。空港警備隊の副隊長のひとりが、持ち場に戻るようにという命令に応答せず、所在もわかりません。旅行に出かけていて、報せを聞いたらすぐに戻ってくるというのであればよいのですが、どうも内通者だったような気がします」

「なんたることだ」ヒルシズはつぶやいた。「PKKはわれわれの軍や省庁の上のほうに、どんどん浸透しているのか」

「PKKの諜報員が国家憲兵の監理部門に浸透している可能性もかなり高いと思います。残虐なPKKから国を護る任務を負っている組織そのものに」サヒンはいった。

「オゼクの旅程が漏れ、彼が乗っている飛行機をPKKがターゲットにして、暗殺しようとしたのだと思います」

「しかし、オゼクは抜き打ち視察でディヤルバキルに行くのだと、きみはわたしにいったぞ！」ヒルシズは声を荒らげた。「歩兵携行式ミサイルを備えた暗殺部隊をそんなに早く送り込めるほど、やつらは深く浸透し、組織化されているのか？」

「内部の犯行にちがいありませんが、単独犯ではないでしょう――あの基地には反乱分子が蔓延《まんえん》しているにちがいない。長期潜入工作員が、きわめて信任されている地位にまで潜り込んで、特定の攻撃命令を受ければ、数時間で開始して、展開する準備ができていると思われます」

「われわれが怖れていたような高度のレベルに達していますが、予測はついていました」トルコ軍参謀長アブドゥッラー・グズレヴ大将がいった。「同等の対応をすべき時期です。防御態勢をとるだけで安心してはなりません。PKKの指導部に狙いを定め、一気に掃滅する必要があります」

「イラクとイランで、ということね、将軍?」アカス首相がきいた。

「やつらはそこに隠れていますから、首相」グズレヴが、吐き捨てるようにいった。

「こちらの潜入工作員から新しい情報を得て、残虐なちくしょうどもがおおぜいいる塒《ねぐら》を見つけ、皆殺しにしましょう」

「ただ、それをやると、将軍」ムスタファ・ハマラト外務大臣が疑問を呈した。「近隣諸国、国際社会、アメリカとヨーロッパのわれわれを支援する勢力を、なおのこと怒らせてしまうのではないか?」

「お言葉ですが、外相」グズレヴが、腹立たしげにいった。「よその大陸のやつらがどう思おうが、知ったことではない。なんの罪もない女性や子供が殺されているときに――」

グズレヴの言葉は、電話の鳴る音にさえぎられた。大統領首席補佐官が、すぐさま電話に出た。唖然《あぜん》とした顔で、補佐官が受話器を置いた。「大統領、オゼク将軍が受付に来ていて、国家安全保障スタッフと話がしたいといっております」

「オゼクが? 重体ではなかったのか?」ヒルシズは大声をあげた。「ああ、いいとも。すぐに連れてきてくれ。医官も呼んで、ずっとようすを見させろ」

執務室にやってきたオゼク将軍は、なんとも痛ましい姿だった。右肩と頭の右側は分厚い包帯に覆われ、両手の指が数本ずつ絆創膏《ばんそうこう》で巻かれていた。足をひきずって歩き、目が腫れていて、顔と首の見えている部分も、切り傷と火傷と痣《あざ》だらけだった。

だが、背すじをのばし、駆けつけた大統領府の医官の手助けを拒んだ。オゼクは戸口でよろよろしながら気をつけの姿勢になり、敬礼をした。「大統領にお話しする許可を求めます」オゼクの声は、ジェット燃料とアルミニウムの燃える煙に喉を焼かれたために、しわがれていた。

「もちろんだ。もちろんかまわない、将軍。腰をおろしたらどうかね！」ヒルシズは、大声でいった。

　ヒルシズは、オゼクをソファのほうに連れていったが、オゼクは片手をあげた。

「申しわけありませんが、立っていないといけません。二度と立ちあがれないような気がしますので」オゼクはいった。

「いったいなにをしに来たの？」アカス首相がたずねた。

「トルコ国民に、わたしが生きていて責務を果たしていることを見せる必要があると思いました」オゼクはいった。「それに、国家安全保障スタッフに、ＰＫＫ指導部に対する報復攻撃を立案してあることを、お知らせしたかったのです。いまこそ行動のときです。ぐずぐずしてはいられません」

「わたしたちの国と自分の任務に対するあなたの献身には、たいへん感心しました、将軍」アカス首相がいった。「しかし、まず――」

「オゼル・ティムの完全な一個旅団がフル装備でただちに展開できる準備ができています」オゼクがいった。特殊《オゼル・ティム》チームは国家憲兵情報部《ジャンダルマ》の不正規戦部門で、クルド人の町や村の近辺や居住地で反乱分子の指導者を発見して制圧するために、特殊な訓練を受けている。世界でもっとも練度の高いコマンドウのひとつで、きわめて残虐であることでも悪名高い。

「たいへんけっこうだ、将軍」ヒルシズはいった。「だが、攻撃の首謀者は発見したのか？　指導者はだれだ？　だれが引き金を引いた？　だれが攻撃を命じた？」

「大統領、それはどうでもいいことです」そんな質問に答えなければならないことに驚いて、オゼクは目を丸くした。ギラギラ光る目と荒々しい風貌《ふうぼう》と怪我が相まって、周囲の政治家たちと比べると、まるで血相を変えて興奮しきっている野蛮人のように見えた。「これまでにわかっているPKK反乱分子、爆弾作り、密輸業者、資金提供者、勧誘係、シンパのリストはかなり充実しています。国内治安組織と国境警備部隊が容疑者を捕らえて、訊問すればいい――わたしと特殊チームが首謀者を追うのを許可してください」

　ヒルシズ大統領は、激している将軍から目をそらした。「イラク領内への攻撃をまた行なうというのは……いかがなものか、将軍」首をふりながらいった。「これはアメリカやイラク政府と話し合わなければならない問題だ。いずれもきっと――」

「お言葉ですが、大統領、どちらの政府も無能だし、トルコの安全保障には関心を持っていません」オゼク将軍が、腹立たしげにいった。「イラク政府《バグダッド》はことに、南部の石油で歳入が得られるかぎり、クルド人には好きなようにやらせるつもりですよ。アメリカはできるだけ早くイラクから撤兵しようとしています。PKKを阻止するためにに指一本動かしはしないでしょう。グローバルなテロとの戦いなどという題目をさかんに唱え、PKKをテロ組織に分類してはいますが、アメリカは偵察衛星の画像や電話を傍受した情報をときどきよこすだけで、ほんとうの手助けは一度もやっていませんん」

ヒルシズは、不安な面持ちで煙草をふかしながら、押し黙っていた。「将軍のいうとおりです、大統領」グズレヴ参謀長がいった。「これはわれわれが待ち望んでいた好機です。バグダッドは政府が崩壊しないように、崖《がけ》っぷちに必死でしがみついている状態です。辺境のクルド人地区はおろか、首都の安全を確保する力すらありません。アメリカはイラク駐留の戦闘旅団を交替させるのをやめました。イラク北部にはわずか三個旅団しかおらず、それもアルビールとモスルに集中しています——国境付近には、まったく部隊がおりません」

グズレヴは言葉を切り、反対意見が出ないと見て、つづけた。「しかし、わたしは特殊部隊のみではない介入を進言したいと思います」ハサン・ジゼク国防大臣と、サヒン国家安全保障評議会事務総長のほうを見た。「イラク北部への全面侵攻を提案します」

「なんだと？」ヒルシズ大統領が、大声をあげた。「本気か、将軍？」

「論外よ」アカス首相が、すかさずいった。「そんなことをやったら、友好国と全世界の非難を浴びる！」

「なにが目的なんだ、将軍？」ハマラト外相が詰問した。「ＰＫＫ反乱分子数千人を根こそぎにするのに、どうしてそんな大部隊を派遣する？　イラクの領土を占領するつもりか？」

「緩衝地帯を設けてはどうかといっているのです」グズレヴが答えた。「アメリカはレバノン南部にイスラエルが緩衝地帯を設けるのを支援しました。ヒズボラ戦士がイスラエルに侵攻するのを防ぐのに、それが効果をあげています。われわれもそうすべきです」

　ヒルシズはハマラトのほうを見て、反対意見がもっと出ることが望ましいと思っているのを無言で示した。「ハサン？」

「実行可能でしょうが、大統領」ジゼク国防相がいった。「隠密裏にやることはできないし、軍費がかさみます。作戦に全軍の四分の一か、あるいは三分の一を投入することになるでしょうし、そうなると必然的に予備役の召集も避けられない。何カ月もかかります。われわれの行動はだれの目からも隠せない——まずアメリカが気づくでしょう。成功するかどうかは、アメリカの反応に左右されます」

「サヒン将軍？」

「アメリカはイラク全土で広範な兵力縮小プロセスにはいっています」国家安全保障評議会事務総長のサヒン大将が答えた。「イラク北部は比較的平穏で、クルド自治政府がバグダッドの中央政府よりもしっかりと組織化されているため、米軍はいまも約二万人を駐留させ、石油のパイプラインと施設の警備を支援しています。一年以内に二個戦闘旅団のみに縮小される予定です」

「二個戦闘旅団——イラク北部全体に、たったそれだけか？　現実的ではないな」

「ストライカー旅団そのものが、きわめて強力な兵器システムであり、非常に迅速で機敏です——あなどってはいけません」サヒンは注意した。「しかし、監視、警備、支援業務の大半を補うのに、アメリカは民間軍事会社の人間を雇うでしょう。それが、海軍の規模と威力を増大させるいっぽうで、地上軍を休ませ、再建するという、ジョーゼフ・ガードナー大統領の新政策に沿ったやりかたです」

「それなら、実行は可能ですよ、大統領」ジゼク国防相がいった。「イラク・クルド人のペシュメルガ部隊は、二個歩兵師団の規模に相当し、一個は機械化師団で、モスル、アルビール、キルクークの油田に主に配置されています——国境へ進撃できる距離にいるわれわれの部隊の三分の一の規模です。仮にPKKに完全な一個歩兵師団に相当する部隊があり、アメリカが地上部隊をすべて投入してわれわれに立ち向かったとしても、兵力は同等です――それに、孫子の『兵法』にも、〝彼我の兵力がおなじであれば攻撃せよ〟とあります。これは実行できますよ、大統領」

「三カ月以内にわが軍を動員するとともに、特殊チーム《オゼル・ティム》に敵陣地を偵察させ、国境付近を監視している民間軍事会社の戦闘員を攪乱《かくらん》する準備をさせればいい」オゼク将軍がいい添えた。「アメリカが雇っている傭兵《ようへい》は、金目当てでそこにいるだけだ。戦闘がはじまったら、物蔭に逃げ込んだり、正規軍のうしろに隠れたりするだろう」

「アメリカ人がクルド人を助けるために踏みとどまって戦ったらどうなる？」

「われわれは南に進軍し、アメリカが武力を行使すると脅しをかけてくるまで、反乱分子の拠点とクルド人部隊を叩き潰《つぶ》します。そして、敵と接触しつつ後退し、緩衝地帯を設ける」オゼクはいった。「アメリカと戦いたくはないが、我が国の主権と安全保障の条件について、アメリカに指図されるわけにはいきません」ハマラト外相に向かっていった。「緩衝地帯は飛行禁止、車両通行禁止にし、国連軍にパトロールさせれば、すべての当事国の安全が強化されると説得するんです。ガードナーは地上戦を望んでいないし、クルド人などどうなってもいいと思っています。戦闘を停止させるためなら、どのようなことにも同意するはずです」

「事実はそうかもしれないが、ガードナーはそれを公に認めはしないだろう」ハマラトがいった。「われわれをおおっぴらに非難し、イラクからの全面的な撤退を要求するだろう」

「それなら、ＰＫＫのネズミの巣をすべて叩き潰し、国境地帯に監視網を敷くあいだ、時間を稼げばいいでしょう」オゼクはいった。「イラク北部に六個師団を投入し、撤退すると約束して、数カ月のあいだに掃討を行ないます。ＰＫＫの大多数を殺害すれば、一世代くらいはなにもできなくなるでしょう」

「そして、われわれは虐殺者だと見なされる」

「いたいけな男の子や女の子が、ＰＫＫに撃墜された飛行機のために学校の運動場で殺されるのを心配せずにすむようになるのであれば、外国にどういわれようが、かまいませんよ」ジゼク国防相が、刺々《とげとげ》しくいった。「行動する潮時です」

「対処しなければならない相手は、ＰＫＫばかりではありません、大統領。キルクーク・ジェイハン・パイプラインの安全も考慮しなければなりません」グズレヴ参謀長がつけくわえた。「イラクのペシュメルガは、国境の向こう側でパイプラインを警備するのにじゅうぶんな訓練を受けておらず、装備も足りません。わが国はパイプラインに数十億リラの投資を行なったのに、イラク側は自分たちの部分のまともな警備もできず、アメリカの支援を受けるだけで、外国部隊の警備も許可しようとしない。わが国の企業も含め、イラク北部の石油生産者に増産するよう説得すれば、われわれが受け取る輸送料は三倍に増えますが、パイプラインが攻撃に対して脆弱《ぜいじゃく》であるため、彼らは増産に踏み切れないのです」

ヒルシズ大統領は、デスクの凝った装飾の灰皿で、煙草を揉み消し、席に戻った。だいぶ長いあいだ、考えにふけって押し黙っていた。国家安全保障スタッフの意見がこれほど割れることは、めったにない。ましてPKKとその残虐な反政府攻撃の問題なのだ。墜落を生き延びた数時間後に、オゼク将軍が思いがけず執務室にやってきたことで、PKKを一気に叩き潰す決意がまとまってもおかしくはなかった。

だが、国家安全保障スタッフも、ヒルシズ大統領自身も、相容れないふたつの考えかたを抱いていた。文民の指導者たちは、平和的に外交で解決することを望んでいたが、軍の司令官たちは、直接行動を求めていた。国家安全保障評議会の意見が割れている状態で、アメリカと国際社会の世論を敵にまわすのは、賢明な動きとはいえない。

クルザト・ヒルシズ大統領は、立ちあがり、背すじをのばして、気をつけに近い姿勢になった。「オゼク将軍、わざわざここへ来て、わたしと国家安全保障スタッフに話をしてくれたことに感謝する」ヒルシズは、堅苦しくそういった。「これらの意見については、慎重に検討する」

「大統領……」オゼクは衝撃のあまり、怪我をしているのも忘れてよろよろと進み、バランスを取り戻そうとして、痛みに顔をしかめた。「大統領、謹んで申しあげますが、迅速かつ決定的に行動しなければなりません。PKKに――いや、全世界に――今回の攻撃をわが国が重大視していることを知らせる必要があります。行動が遅れれば遅れるほど、われわれが国内治安に真剣に取り組んでいないと見られます」

「同感だ、将軍」ヒルシズはいった。「だが、熟慮のうえで慎重に行動しなければならないし、同盟国とも緊密に相談する必要がある。この攻撃を仕組んで指揮した可能性があるPKK工作員を探しだして、捕らえるか、殺すために、特殊チーム向けの計画を立案するよう、サヒン将軍に指示する。国家憲兵内部にスパイがいる可能性についても、厳重な捜査を行なわせる。

ハマラト外相には、アメリカ、NATO、ヨーロッパ諸国の外相と話し合い、国家安全保障評議会が今回の攻撃に激怒していることと、犯人を突き止めるのに協力と支援を強く求めることを伝えてもらう」オゼクが信じられないという表情を浮かべ、大統領のよろめきがちな弱々しい姿勢が浮き立つ格好になったので、ヒルシズは心のなかで顔をしかめ、即座につけくわえた。「われわれは行動する、将軍。だが、国際社会の一員として、賢明に行動しなければならない。今回の件で、PKKはいっそう孤立し、排斥《はいせき》されるだろう。われわれが性急な動きに出れば、テロリストと大差ないと見られるだろう」

「こ……国際……社会?」オゼクが、苦々しくつぶやいた。

「なんといった、将軍?」ヒルシズは、ぴしりといった。「わたしになにかいいたいことがあるのか?」

ひどい怪我を負っている国家憲兵司令官は、一瞬、トルコ共和国大統領に怒りの目を向けたが、すぐに精いっぱい姿勢を正し、いかめしくはあるが攻撃的ではない表情を装って答えた。「いいえ、ありません」

「ではさがってよろしい、将軍。国家安全保障評議会とトルコ国民はきみに心から感謝し、悪質で卑劣な攻撃にもきみが生き延びたことにほっとしている」ヒルシズはいった。その言葉とは裏腹に、ひどく刺々しい口調だった。

「将軍を短期滞在宿舎に送るのを許可していただきたいのですが、大統領」グズレヴ参謀長がいった。

ヒルシズは、探るような目をグズレヴに向けたが、答はわからなかった。オゼクをちらりと見て、おぞましい傷痕《きずあと》にまた心のなかで顔をしかめ、怒り狂っているこの野牛を解任する格好のタイミングを考えた。早いにこしたことはないが、その前に、オゼクが奇跡的に生き延びたことを、せいぜい政治宣伝に利用しなければならない。

「二十分後に、閣議センターで国家安全保障評議会をあらためてひらき、対応策をまとめよう、グズレヴ将軍」ヒルシズは、疲れた声でいった。「それまでに戻ってきてくれ。さがってよろしい」

「かしこまりました」グズレヴがいった。オゼクとともに一瞬気をつけをしてから、ドアに向かった。グズレヴは、オゼクの怪我が軽かったほうの腕を、そっとつかんでいた。

「飛行機が墜落して死にかけたというのに、アンカラまで来るとは、オゼクはいったいなにに取り憑《つ》かれているんだ？」ハマラト外相が、信じられないという口調でいった。「痛みがかなりひどいにちがいないのに！　わたしはちょっとした追突事故に遭っただけで、何週間もつらかった！　あの男は数時間前に、墜落した飛行機の燃える残骸《ざんがい》から救い出されたばかりなんだぞ！」

「彼は怒り狂って、敵を斃《たお》したがっているのよ、ムスタファ」アカス首相がいった。まるでオゼクに固定具をはめられたように気をつけの姿勢で突っ立っているヒルシズ大統領に、アカスは近づいた。「グズレヴとオゼクの意見は、気にしないほうがいいですよ」ささやき声でいった。「ふたりとも敵を斃したくてうずうずしているんです。わたしたちは侵攻については何度となく検討し、そのたびに却下してきました」

「これが絶好のタイミングかもしれない、アイシェ」ヒルシズは、ささやき声で応じた。「グズレヴ、ジゼク、オゼクにくわえ、サヒンも賛成している」

「本気でそのことを考えているんですか、大統領？」信じられないというように、アカスが鋭いささやき声で応じた。「アメリカはぜったいに同意しませんよ。わたしたちは国際社会でのけ者になります」

「国際社会などどうでもいいという気持ちになりかけているんだ、アイシェ」ヒルシズはいった。「反乱分子のクルド人に対して有効な手を打つのを国際社会が許す前に、いったい何度、葬儀に出席しなければならないんだ？」

二日後
イラク　モスル付近　タルカイフ
ナフラ連合軍航空基地

「ナフラ管制塔、こちらサイアン17《ワン・セヴン》、距離九海里《マイル》、滑走路29《ツー・ナイナー》への有視界進入《ヴィジュアル・アプローチ》を承認してもらいたい」

「サイアン17、こちらナフラ管制塔、貴機が順位一位、着陸を承認する」航空交通を監督しているイラク陸軍の主任管制官が、なまりはあるがかなり上手な英語で応答した。「ナフラ強化着陸手順3を推奨する。基地は部隊保全コンディションB《ブラヴォー》、強化着陸手順3を承認する。受領通知しろ」

「否《ネガテイヴ》、ナフラ。サイアン17は滑走路29への有視界進入承認を求める」

主任管制官は指示にきちんと従わないパイロットを相手にしたことがほとんどなかったので、マイクのボタンを押していい返した。「FPCONブラヴォーでの有視界進入は承認できない」FPCONと略される部隊保全コンディション（以前はTHREATCON〝脅威コンディション〟と呼ばれていた）のうち、ブラヴォーは三番目に高いレベルで、攻撃を受ける可能性があることを示す、作戦可能情報《アクショナブル・インテリジエンス》があることを物語っている。「手順3を実行しろ。わかったか？ 受領通知しろ」

近くで電話が鳴り、管制官補佐が出た。すぐに主任管制官に受話器を差し出した。

「あの、基地副司令からです」

接近中の便を処理しているのを邪魔された主任管制官が、よけいに腹を立て、管制官補佐の手から受話器をひったくった。「サアド大尉です。着陸便に対応しているところです、あとでかけ直してはいけませんか？」

「大尉、到着便に有視界進入を行なわせろ」米軍大佐の声だとすぐにわかった。基地副司令の大佐は、自分たちの便を待つあいだ、管制塔の周波数を傍聴していたにちがいない。「どうなってもやつの責任だ」

「わかりました、大佐」アメリカの特殊任務機が、高性能進入を行なわず、攻撃される危険を冒す理由は定かでなかったが、命令は命令だ。主任管制官は、管制官補佐に受話器を返し、溜息《ためいき》をついて、マイク・ボタンをふたたび押した。「サイアン17、こちらナフラ管制塔。有視界進入と、滑走路29への通常経路を許可する。風向二七〇、風速二五ノット、風の息《ガスト》は四〇ノットまで（風は地表近くでたえず風向や強弱の変化がある。こうした平均値からの瞬間的なぶれをガスト「風の息」という）、RVR（滑走路視距離）四〇〇〇フィート、FPCONブラヴォー実施中、着陸を承認する」

「サイアン17、有視界と滑走路29への通常経路承認、着陸承認」

主任管制官は、緊急電話の受話器を取った。「ステーション1、こちら管制塔」アラビア語でいった。「最終着陸態勢にはいっている便がある。有視界と通常経路を承認した」

「くりかえしてください」空港消防署《ファイア・ステーション》の配車担当がきき返した。「でもFPCONブラヴォーですよ」

「米軍大佐の命令だ。そっちに報せたほうがいいと思った」

「連絡ありがとう。隊長はおそらく誘導路D《デルタ》の〝危険スポット〟に緊急車両を配置するでしょう」

「デルタにあらかじめ配置することを承認する」主任管制官は、電話を切った。つづいて、基地警備課と病院にもおなじように報せた。攻撃があった場合に備え——まさに攻撃にうってつけのチャンスだ——できるだけ警報を発しておいたほうがいい。

主任管制官は、到着する飛行機を双眼鏡で探した。管制塔のレーダー・ディスプレイには映っていたが、肉眼ではまだ見えなかった。距離は六海里《マイル》ほどで、まっすぐに接近していたが、やや西にはずれているのは、滑走路29の追い風《ダウンウインド》レグに合わせて進入するためだろう――しかも、接地直前の態勢をとっているかのように、信じられないくらい速度が遅かった。パイロットには自殺願望でもあるのか？　主任管制官は、警備課と事故に対応する消防署に到着便の位置を伝えた。要員を適切な位置に配置できるように……。

……あるいは、最悪の事態の際に、残骸で被害をこうむらないように。

距離三海里《マイル》で、その飛行機がようやく見えた――というより、その一部が見えた。幅の広い球根のような形の機体で、主翼も尾部も見分けられなかった。乗客のための窓はないようだし、異様な塗装だった――中くらいの濃さの青みがかったグレーだが、背景の雲や明るさによって濃淡が変化しているように見えた。目視しつづけるのが、とてつもなく難しかった。

主任管制官は、管制塔のＢＲＩＴＥレーダー・ディスプレイを確認した。モスル地域進入管制のそのレーダーの画像によれば、到着便はたしかにわずか九八ノットで飛行していた――通常の進入速度よりも五〇ノットほど遅い！　パイロットは狙撃手《スナイパー》にとって楽なターゲットになっているだけではない。失速して墜落するにちがいない。

この風と、突然の気まぐれなガストで、あっというまにひっくりかえるだろう。

「サイアン17、こちらナフラ管制塔、なにか問題はあるか？」

「管制塔、こちら17、問題はない」パイロットが応答した。

「受信した。着陸を承認する。現在、ＦＰＣＯＮブラヴォー。受領通知しろ」

「サイアン17、受信した。ＦＰＣＯＮブラヴォー、着陸承認」

愚かだ。まったくもって愚かだ。主任管制官は、奇妙な飛行機が通常の左回りの進入経路で、滑走路の西側にあたるダウンウィンドレグに乗るのを、唖然として見守った。アメリカのステルス爆撃機に似ているが、エンジンが胴体後部の上についているし、ずっと大型のようだった。ロケット推進擲弾《RPG》かスティンガー・ミサイルがいまにも空を飛翔するのではないかと、主任管制官は予期していた。ガストのせいで飛行機はなんどか揺れたが、飛行速度が信じられないくらい遅いにもかかわらず、かなり安定した飛行経路を維持していた。総重量が九〇トンもある飛行機とは思えず、まるでセスナのような着陸態勢だった。

飛行機は、墜落したり、空から撃ち落とされたりすることもなく、長方形を描く場周経路をまわり切った。主翼からフラップのたぐいが展開したようすはなかった。とてつもなく遅い対気速度を維持したまま、場周経路を飛んで、最終の直線にはいると、ぴったり九〇ノットに減速し、滑走路に描かれた数字のうえに、羽根のようにかろやかに着陸した。最初の誘導路の曲がり角で、なんなく曲がることができた。固定翼機がそんな短距離で着陸するのを見るのは、主任管制官にとってはじめての経験だった。

「管制塔、サイアン１７は滑走路から離脱した」パイロットが報告した。

主任管制官は、衝撃をふり払った。「了解、１７、この周波数をひきつづき使用し、前方に見える警備車両に報告しろ。駐機場所にその車両が誘導する。誘導路上の消防車や警備車両に注意してくれ。ナフラにようこそ」

「了解、管制塔。１７は警備車両を目視している」パイロットが応答した。武装した高機動多目的装輪車《ハンヴィー》数両が、銃塔の五〇口径機関銃や四〇ミリ自動擲弾《てきだん》銃に銃手を配置して周囲を固め、ブルーの回転灯を点滅させ、〝誘導に従ってください〟と記された大きな標識をルーフに掲げているブルーのサバーバンが、前方に出てきた。「ごきげんよう」

管制塔の北にある大きな航空機待避壕《シェルター》に向けて、車列はサイアン１７を誘導していった。ハンヴィーがシェルターの周囲に展開し、サバーバンがなかにはいると、航空機誘導員がサイアン１７をシェルター内で停止させた。タラップが飛行機に向けて進められたが、それが配置される前に、前輪のうしろにあるコクピットの機体下面ドアがあいて、搭乗員が梯子《はしご》をぞろぞろとおりてきた。

それと同時に、ハンヴィーから数人がおりて、飛行機の左翼端にならんだ。搭乗員のひとりは、見るからに仰天していた。「いやはや、冗談じゃなかったんだ——ここはすさまじく暑い！」シェルターを見まわして、ジョン・マスターズがいった。「おい、この格納庫にはエアコンがあるんだろう——めいっぱい冷やしてくれよ！」

「その前に、基地司令に挨拶《あいさつ》しないと、ジョン」二番目に降機したパトリック・マクラナハンが注意した。マクラナハンは、下のハンヴィーのほうを顎で示した。「あれはジャッファール大佐と、われわれの連絡担当じゃないか」

「ジャッファールは怒ってるみたいだな。ぼくたちがなにをしたっていうんだ？」

「たしかめよう」マクラナハンはいった。イラク軍大佐のほうへ近づいて、軽く頭を下げ、手を差し出した。「ジャッファール大佐ですね？　パトリック・マクラナハンです」

ジャッファールは、マクラナハンよりもほんのすこし背が高いだけだったが、顎を突き出して胸をふくらませ、爪先《つまさき》立ちして、もっと長身で威厳があるように見せかけようとした。到着した男たちがそれに目を留めたのを見届けて満足すると、ゆっくりと右手を額にあげて、敬礼をした。「マクラナハン将軍、ナフラ航空基地は歓迎いたします」なまりはあるがかなり上手な英語でいった。マクラナハンは、答礼をしてから、また手を差し出した。ジャッファールが、薄笑いを浮かべて、ゆっくりと握手をした。そして、マクラナハンの手を握り潰そうとした。それが無理だとわかると、笑みが消えた。

「大佐、ジョナサン・コリン・マスターズ博士を紹介する。マスターズ博士、こちらはナフラ連合軍基地司令のユスフ・ジャッファール・イラク空軍大佐だ」ジャッファールはうなずいたが、マスターズと握手をしようとはしなかった。マクラナハンは、ちょっとむっとして首をふり、ジャッファールのななめうしろに立っていた若い男の名札を見た。「トンプソン君だね？　わたしはパトリック――」

「パトリック・マクラナハン将軍ですね。存じあげております――みんな将軍のことはよく知っていますよ」かなり若く見える制服姿の長身の男が、口が裂けそうな笑みを浮かべて、ジャッファールのうしろから進み出た。「お目にかかれてとてもうれしいです、将軍。クリス・トンプソンです。セキュリティ・コンサルタントを手がけているトンプソン・インターナショナルの社長です」トンプソンは、両手でマクラナハンの手を握って、興奮気味に大きく揺さぶり、信じられないというように首をふった。

「夢のようです……パトリック・マクラナハン将軍。あのパトリック・マクラナハンと握手しているなんて」

「ありがとう、クリス。こちらはジョン・マスターズ博士。博士は――」

「やあ、博士」トンプソンは、マクラナハンから目を離そうとせず、手も握ったままでいった。「歓迎します。将軍をイラクにお迎えでき、歓迎できるのは、ほんとうに光栄で名誉なことです。わたしは――」

「おしゃべりはやめてもらえないかね、トンプソン。仕事の話をさせてくれ」ジャッファールが、腹立たしげにいった。「評判が先走っているようですが、将軍、あなたはいまは政府と契約している民間人で、わたしとイラク共和国の規則や規制に従わなければなりません。あらゆる可能な優遇措置と助力を行なうよう、わたしは貴国政府から依頼されており、同盟国の士官として面目にかけてそれを行なわなければなりませんが、イラクの法に――すなわちこの施設ではわたしの法に――つねに従ってもらう必要があります。はっきりとわかってもらえましたね？」

「ああ、大佐。はっきりとわかった」マクラナハンはいった。

「では、ナフラに到着し接近することについて、わたしの規制に従わなかったのは、どういうわけです？」

「脅威状況をわれわれ自身で評価することが不可欠だと思ったからだ、大佐」マクラナハンは答えた。「最大性能到着では、なにもわからない。だから、リスクを負い、有視界で接近と最終進入を行なうことにした」

「この基地の脅威状況は、毎日、毎時間、わたしとスタッフが評価しています」ジャッファール大佐が、腹立たしげにいった。「すべての人間の安全と秘密保全を確実にするために、要員と業務のすべてに適用される命令を、わたしが出しています。いかなる理由があろうと、それをないがしろにしてはなりません。いかなる理由があろうと、いつであろうと、リスクを負うことは許されません、将軍。責任はどんなときでもわたしが負っています。それを犯してはならない。わたしの法をふたたびないがしろにしたら、あなたがたはべつの基地で作業をやるよう求められることになるでしょうね。わかりましたか、将軍？」

「ああ、大佐。よくわかった」

「それは結構ですね」ジャッファールが、また胸をふくらませて、うしろで手を組んだ。「敵の攻撃でやられなかったのは、きわめて運がよかったと思います。基地外の半径一〇キロメートルの全域を、わたしの警備部隊とわたしが捜索し、脅威がないことを確認しました。危険はほとんどなかったと申しあげます。しかし、だからといって――」

「失礼だが、大佐、われわれは着陸の際に、じっさいに攻撃を受けたんだ、大佐」ジョン・マスターズが口を挟んだ。

言葉を遮られたジャッファールが、怒りで目をぎらつかせ、口をひらいたが、混乱してなにもいえず、むっとして身をこわばらせた。「いまなんていった、あんた？」うなるようにいった。

「基地から一五キロメートル以内で、われわれは合計百七十九発、地上火器の攻撃を受けたんだ、大佐」マスターズはいった。「銃撃のうち四十一発は、基地内から発射された」

「そんなことはありえない！　まったく馬鹿げている！　どうしてそんなことがわかる？」

「それがわれわれのここでの仕事だ、大佐。イラク北部で、この基地も含めた連合軍航空基地の脅威状況を評価するのが」マクラナハンはいった。「われわれの機には計器が備わっていて、攻撃の起点を探知し、追跡し、識別し、精確な位置を把握することができる。最小九ミリ口径の武器の発射を、発見し、識別し、追跡できるんだ」手を差し出すと、マスターズがフォルダーを渡した。「これはわれわれが探知した銃撃すべての起点の地図だ。見ればわかるが、大佐、もっとも熾烈《しれつ》な一斉射撃——一二・七ミリ機関銃の六点射——は、この基地から発射されている。精確には警備部隊訓練用の射場からだ」ブルーの目でジャッファールに射抜くような視線を据えて、一歩詰め寄った。「いってみろ、大佐。いまそこにだれがいる？　このナフラにある対空兵器はどういう口径だ？」ジャッファールが困惑して、口をぱくぱく動かした。「何者がやったにせよ、逮捕し、連合軍機に対する故意の銃撃の罪で告発することを求める」

「し……調べます……わたしがみずから」ジャッファールがいった。額に珠《たま》のような汗が浮かんでいた。あとずさりしながら、軽くお辞儀をした。「ただちに調べます、将軍」あわてて離れようとして、トンプソンと正面衝突しそうになった。

「なんていう間抜けだ」マスターズがいった。「ここで毎日ああいうのに我慢するはめにならなきゃいいけど」

「イラク北部では、あれでも有能な指揮官のほうですよ、博士」トンプソンがいった。「あいつは相手が胡麻を摺《す》ったりぺこぺこしたりするのに慣れているんです。でも、物事をしっかりやれるだけの力はない——部下が仕事をやっていないときには、責任を転嫁するだけです。それで、あなたがたの飛行機への攻撃を探知して追跡したというのは、ほんとうなんですね？」

「そのとおり」マスターズが答えた。「それ以上のこともやれる」

「きみの保全許可（一定の秘密区分の事項にアクセスする資格）をわれわれが手に入れたら、詳しいことを教える」マクラナハンはいった。「うれし涙に暮れるはずだよ」

「楽しみです」トンプソンはいった。「あの大佐、毛繕いをしているクジャクみたいな態度でしたが、あなたがたに発砲した馬鹿野郎を見つけたら、そいつらに鉄槌《てっつい》をふりおろすことはまちがいないですよ」

「あいにくだが、われわれが見つけたのは射場のやつだけじゃないんだ——ほかにも基地内と基地外の数カ所で探知した」マスターズはいった。「大佐はこのあたりでは優秀なほうかもしれないが、たいして役に立っていない。鉄条網の内側に破壊工作兵が侵入している」

「おいでになると聞いて、あなたがたにメールを送ったように」トンプソンがいった。「ここのFPCONはD《デルタ》——テロリストとの触敵《コンタクト》が実際に行なわれている状態——にすべきだと思います。Bよりも高度のものにすると、ジャッファールは中央政府に無能だと見られる。しかし、うちの連中も陸軍の警備部隊も、デルタだと見なして行動しています。いっしょに来ていただければ、宿舎とオフィスにお連れしてから、基地内もすこしご案内しますよ」

「きみさえよければ、クリス、われわれは責任地域を設置し、最初の飛行予定を組みたい」マクラナハンはいった。「今夜、最初の任務飛行を行ないたい。宿舎は支援スタッフに準備させる」

「今夜ですか？　しかし、到着したばかりですよ。お疲れでしょう」

「百七十発が、われわれに向けて発射され、その四分の一がこの基地内からだった——ゆっくりしているわけにはいかない」マクラナハンはいった。

「それなら、基地運航部へ行って、ジャック・ウィルヘルム大佐と会う必要があります」トンプソンがいった。「公式にはジャッファールにつぐナンバー2、基地副司令ですが、だれが基地を仕切っているのかはみんな知っています。ウィルヘルム大佐です。いつもトリプルC――指揮統制センター――にいます」

一行は、装甲をほどこした白いサバーバンに乗り込み、トンプソンが運転した。「ナフラはアラビア語で〝ミツバチ〟のことですが、米空軍の補給基地に使われています」飛行列線に車を走らせながら、トンプソンがいった。大型のC‐5ギャラクシーからビジネス・ジェット機に至るまで、あらゆる大きさの輸送機が幾重にも列をなしていた。「サダム・フセインの時代には、クルド系住民の鎮圧に使われていました。いまはイラクで最大のイラク軍基地になっています。サダム・フセインがクルド人に使用した化学兵器が貯蔵されていたという話で、われわれがときどき対処しなければならないクルド人反乱分子にとっては大きな攻撃目標です。ISI――アルカイダ系テロ組織のイスラミック・ステート・オヴ・イラク――シーア派反乱分子、外国人聖戦主義者も攻撃を仕掛けてきます。

今年のはじめに、ナフラは米軍からイラク軍に管理が移されました。しかし、イラクにはまだ空軍といえるようなものがないので、〝連合軍〟航空基地と称しています。アメリカ、NATO、国連が、施設と駐機場をイラクから借りています」

「われわれが建設した基地を使うのに、金を払ってるわけだ」マスターズがちくりといった。「すばらしい」

「使うのに金を払わなかったら、いまだにイラク〝占領軍〟なのだと見なされてしまいますトンプソンは説明した。「イラクから撤退するというのが、政治上の建前ですからね。

ナフラの主力戦闘部隊は、第二連隊で、愛称は〝ウォーハマー〟——甲冑《かっちゅう》を叩き潰すための中世の武器〝戦槌《せんつい》〟のことです」トンプソンが、なおも説明した。「第二連隊はワシントン州フォート・ルイスの第二師団が原隊のストライカー戦闘旅団チームで、イラクでは第一軍団に属しています。十五カ月で交替する部隊の最後のひとつです——あとはすべて十二カ月で交替します。偵察、情報、訓練で、イラク陸軍を支援しています。イラク軍がイラク北部の治安を完全に制御できるようになれば、三カ月以内に交替する予定です」

「米空軍輸送機の半数が、中東のあちこちに配置されているというのは、ほんとうなのか、クリス？」

「米空軍輸送機の半数が、中東の戦域で着陸したり飛行したりしているというのは、おおいにありえます。実数はおそらく四分の三に近いでしょう」トンプソンはいった。「しかもそれには、予備にチャーターされた民間機や軍事会社の機体は含まれていません」

「しかし、それでもわが軍を撤退させるのに一年かかるのか？」マスターズが質問した。「道理に合わないな。湾岸戦争のときはイラクから人員と装備を引き揚げるのに、そんなに長くはかからなかっただろう？」

「計画がまるでちがいますよ、博士」トンプソンがいった。「航空基地二カ所とバグダッドの大使館にあるものを除き、なにもかもイラクから持ち出すという計画です。湾岸戦争が終わったときは、クウェート、サウジアラビア、バーレーン、カタール、アラブ首長国連邦にかなりの装備を置いていきましたし、警備が厳重だったので、移動が楽でした。サウジアラビアが米軍撤退を求めたときには、クウェートまで高速道路を走ればいいだけだったのに、すべてを運び出すのに、やはり一年以上かかりました。いまのイラクでは、人員と装備を、本国だけではなく、ルーマニア、ポーランド、チェコ、ジブチの新しいなにもない基地に運んでいます」

「それでも、そんなに長くかかりはしないだろう？」

「もう一年近く、昼も夜もずっとノンストップで作業をつづけています。あと一年で終わるというのは、かなり楽観的な見かたなんですよ」トンプソンは、正直にいった。

「警戒《セキュリティ》状況に大きく左右されます。イランのクーデターで湾岸が一年間封鎖されたし、イラクを出入りする鉄道・道路網は安全ではないので、状況がもっとよくなるのを待たなければなりません。よそで緊急に必要とされている物資は空輸できますが、M1A2主力戦車を一両か二両運ぶのにC‐5ギャラクシーやC‐17グローブマスターを使うのは、合理的ではありません。それに、装甲車両を二千両も残していくわけにはいきません」トンプソンは、マクラナハンの顔を見た。「だからあなたがたが来たんでしょう？　セキュリティ状況を改善するためですね？」

「やってみるつもりだ」マクラナハンはいった。「イラク側がセキュリティ状況を掌握していないことは明らかだが、米軍部隊がセキュリティを提供するのは、政治的に不適切だ――もうイラク駐留は望まれていないからね。だから、民間軍事会社と契約して、その仕事をやらせているわけだよ」

「まあ、将軍のような立場のひとはおおぜいいます」トンプソンがいった。「近ごろでは、なにもかも民間の会社がやっていますよ。イラク軍の任務を支援する海兵隊航空部隊は、このナフラにまだいますし、特殊部隊やＳＥＡＬもときどき出入りしますが、それを除けば、ここの部隊はほとんどなにもやっていません。ただ荷物をまとめて、国に帰る便を待っているだけです。訓練、セキュリティ、情報、食事の提供、爆破、リクリエーションの大部分は――わたしたち民間業者が運営しています」

「アメリカン・ホロコースト（『アメリカ本土空爆指令』に描かれている、ロシアによるアメリカ本土への核攻撃）後は、新兵を訓練するよりも、退役兵士を雇って再訓練するほうが簡単で手っ取り早くなった」マクラナハンはいった。「より小さな兵力でより多くのことをやるには、支援機能をアウトソーシングして、現役勤務の兵士には特化した任務をやらせるしかない」

「あなたがたが来るのを陸軍に知らされるまで、サイアン・エヴィエーションのことはまったく知りませんでした」トンプソンがいった。「あなたがたの本拠地はどこなんですか？」

「ラスヴェガスだ」マクラナハンは答えた。「基本的に投資家集団で、ハイテクだが余剰品の航空機をさまざまな会社から購入して、国防総省の要求に応じている。わたしは退役後に働いてはどうかと勧められた」

「わたしの会社とおなじような感じですね」トンプソンがいった。「うちも退役した医務や通信の専門家、データ・セキュリティ技術者、エンジニアから成っています。辞めてからも国のために働きたかったので、会社を設立しました」

「これまでのところ、順調かね？」

「率直にいって、もっと稼げるだろうと思ってビジネスを立ちあげました――ブラックウォーター・ワールドワイドなど数社が儲《もう》かる仕事を請け負っているというような話に、惹かれたんです」トンプソンは打ち明けた。「でも、ビジネスに変わりはないですね。儲かりそうな仕事に思えますが、できるだけ最高の人材と装備を手に入れて、最低価格で有効な解決策《ソリユーション》を提案するには、お金がかかります。生活費をまかなうのがやっとで、わたしの手にはいるお金は、まったくありません。利益が出れば、もっと仕事がもらえるように事業に注ぎ込みます。あるいは、仕事をもっと安く引き受けられるようにします」

「軍とは正反対だな」マスターズがいった。「軍は予算が翌年に削減されないように、一セントも残さずに使い果たす。民間企業は投資できるように一セントでも節約する」

「それで、他社とのいさかいはないんだね？」マクラナハンはきいた。

「ヘビ食いの元特殊部隊員が何人か、基地のあちこちをうろついているのを見かけます」トンプソンがいった。「最高の品質のアウトドア・ウェア、真新しい武器、最新の装備を身につけて、ペニスにまで刺青《いれずみ》を入れていますよ。たいがいのものは、ただ格好よく見せたいだけで、最新のすごいものに金を注ぎ込んでいます。わたしの会社の社員はほとんどが、コンピュータおたく、元法執行機関の捜査官、私立探偵、警備員などです。他社の連中には、だいたいにおいて無視されています。連中がはいるのをうちの社員が拒否するときには、ときどき悶着《もんちゃく》が起きますが、どのみち解決されます」

「戦争をやるのには、あまりいいやりかたではないようだな、クリス」

トンプソンは、くすりと笑った。「戦争でなければいいんですけどね。戦争はプロフェッショナルに任せるべきですよ。わたしはプロフェッショナルを支援するだけでも満足ですよ」

ナフラ基地は広大で、アメリカ本土の陸軍駐屯地によく似ていた。「ここはそんなにひどくないように見える」マスターズが評した。「きみたちがこんなところに送り込まれたのは気の毒だと思っていたけど、もっとひどいアメリカ本土の駐屯地を見たことがある」

「超大型基地とはちがって、〈バーガー・キング〉も〈マクドナルド〉もありませんけどね」トンプソンはいった。「あったとしても、イラク軍が管理するようになったら、閉店されるでしょう。正規の住宅ユニットを建設するところまで行かなかったので、ここの兵士はたいがい、いまもＣＨＵに寝泊まりしています。もちろん家族はいませんから、ドイツやイギリスの正規の海外基地とは比べ物になりません。でも、気候はちょっとましだし、地元住民の敵意もましです……ほんのすこしですが」

「ＣＨＵ？」

「コンテナ化住宅ユニットです。民用のトラックに積まれるトレイラーよりもすこし大きくできています。部屋がいっぱい必要になったら、積み重ねればいい。でも、陸軍が撤退をはじめて、空き部屋がたくさんあるので、いまは一階建てです。あなたがたには、そこを使ってもらいます。あんがい居心地はいいんですよ——リノリウムの床、完全な断熱、エアコン、ＷｉＦｉ、薄型テレビ。ＣＨＵ一個で、〝ウェットＣＨＵ〟一個——洗面所を共用します。テント式の便所よりもずっといいです」

数分後に、一行は高さが四メートルくらいあるフェンスの前に着いた。コンクリート製のジャージー・ウォール（断面が台形の基部が頑丈なバリアー）を波型鉄板で強化し、上にレザーワイヤを取り付けてある。その奥に高さ四メートルの金網のフェンスがあり、やはりレザーワイヤを取り付けてあった。二重のフェンスのあいだを、警察犬を連れた重武装の民間警備員が巡回していた。金網の向こうには幅一五メートルの空き地があった。その中心に飾り気のない角張った三階建てのビルがあり、傾斜した屋根に衛星用のパラボラ・アンテナやその他のアンテナがいくつか取り付けてあった。窓はひとつもない。

「これが本部……それとも刑務所？」マスターズがきいた。

「指揮統制センター、すなわちトリプルCです」トンプソンがいった。「フォビッツ村と呼ぶものもいます――FOB《フォブ》（前進作戦基地）を一歩も離れないフォビッツ（幕僚・支援要員）の住処《すみか》というわけですよ――しかし、最近は金網の外での任務は減るいっぽうなので、われわれはほとんどがフォビッツだと見なされています。地理的には基地の中心にあります――敵が基地外から迫撃砲で攻撃しようとしても、かなり大型の迫撃砲でないと届きません。もっとも、二週間ごとに一度、まぐれで飛んできます。ピックアップに取り付けた手製の発射機でロケット弾が撃ち込まれることがあるんです」

「二週間ごとに一度？」

「そうなんですよ、博士」トンプソンはそういってから、茶目っけのある笑みをマスターズに向けて、つけくわえた。「でも、あなたがたはそれを解決するために来たわけではないでしょう……ちがいますか？」

トリプルCにはいるときのセキュリティは、かなり厳重だったが、マクラナハンとマスターズが長年、ドリームランドで耐えてきたものよりは、ずっと緩かった。軍の警衛はひとりもいない。すべてトンプソンの会社の民間警備員だった。マクラナハンの身分証明書を確認すると、彼らはいくぶん敬意を表するようになった——元兵士や退役軍人がほとんどだったからだ。退役したとはいえ三つ星の将軍（中将）は、尊敬に値する。それでも、熱心というよりはいじめに近い手荒なボディチェックを、手早く行なった。「やれやれ、トイレに行って、この連中にだいじなモノを引っこ抜かれていないかどうか、たしかめなきゃならない」最後の検査ステーションを通ったときに、マスターズがいった。

「みんなおなじ扱いを受けるから、CHUに帰らないで、ここでずっと寝泊まりする連中が多いんです」トンプソンがいった。「ボスがここにいるから、ちょっとやりすぎたんだと思います。申しわけありません」広いホールに一行が出ると、トンプソンは左の廊下を指差した。「西の廊下には、トリプルCを構成するさまざまな部門——航空交通管制、通信、データ、輸送、セキュリティ、情報、各軍と国の連絡など——があります。その上の階が指揮官たちのオフィスとブリーフィング・ルームです。東の廊下には、食堂《DFAC》、休憩室、監理部があり、上の階は宿舎、共同寝室、バスルーム、シャワー室などです。北の廊下には、コンピュータ、通信機器、予備発電機、施設のインフラ機器があります。すべての中心が指揮センターで、帷幕会議室《タンク》と呼ばれています。ついてきてください」タンクの入口で、一行の身分証明書がまた調べられた。そこには陸軍軍曹がいた。施設内ではじめて会う軍の警衛だった。一行はなかに通された。

　タンクは、ネヴァダ州エリオット空軍基地の戦闘管理センターによく似ていた。講堂のような広い部屋に、高解像度の大きな薄型モニターが十二台あり、奥にあるもっと大きなモニターを囲むように配置されていた。ブリーフィング担当のための細長い舞台がある。舞台の左右には、各部門のコンソールがあり、そこからモニターや指揮官たちにデータを送っていた。上には要人や専門家向けのガラス張りの展望デッキがある。部屋の中央には各部門の長のためのコンソールが半円形にならび、その半円の中心にイラク軍旅団長と米軍第二連隊連隊長ジャック・ウィルヘルム大佐のための席とディスプレイが設置されていた。旅団長席は空席だった。

　ウィルヘルムは、クマのような大男で、かつてのノーマン・シュワルツコフ将軍をもっと若くして、髪を黒くしたような感じだった。葉巻を嚙《か》んでいるように見えたが、じっさいはヘッドセットのマイクを口にくっつけていただけだった。ウィルヘルムは、コンソールのほうに身を乗り出して、なにかをモニターに表示させるために、鋭い声で命令や指示を下していた。

トンプソンが、ウィルヘルムの視界にはいるような位置にたくみに進んでいった。トンプソンに気づいたウィルヘルムが、問いかけるようにしかめ面を向けて、ヘッドセットを耳からずらした。「なんだ?」

「サイアン・エヴィエーションのひとたちを案内してきました、大佐」トンプソンがいった。

「CHU村の宿舎へ連れていって、あす会うと伝えろ」ウィルヘルムがやれやれというような目つきでそういってから、イヤホンをもとに戻した。

「今夜からはじめたいといっています、大佐」

ウィルヘルムが、腹立たしげにまたイヤホンをずらした。「なんだと?」

「今夜からはじめたいそうです」トンプソンがくりかえした。

「なにをはじめる?」

「監視です。すぐに開始する準備ができているので、提案する予定の飛行計画《フライト・プラン》を説明したいとのことです」

「準備ができているだと?」ウィルヘルムが、声を荒らげた。「こっちは明朝〇七〇〇時にブリーフィングを行なう予定だといってやれ、トンプソン。連中を宿舎へ連れていって——」

「何分か割いてもらえないか、大佐」トンプソンの横に進み出たマクラナハンがいった。「いま説明して、すぐにはじめたい」

ウィルヘルムが、座席で体をまわし、新来の客にしかめ面を向け……パトリック・マクラナハンだとわかると、すこし蒼《あお》ざめた。喧嘩《けんか》の前に相手を品定めするような感じでマクラナハンに視線を据えたまま、ゆっくりと立ちあがった。横の席の技術員のほうにすこし向きを変えたが、マクラナハンから目を離さなかった。「ウェザリーをこっちによこしてくれ」ウィルヘルムがいった。「出発便の記録を監督させ、斥候《せっこう》パトロールの報告を聞くよう指示するんだ。おれはすぐに戻る」ヘッドセットをはずし、手を差し出した。「マクラナハン将軍、ジャック・ウィルヘルムです。お目にかかれて光栄です」

マクラナハンは、ウィルヘルムの手を握った。「こちらこそ、大佐」

「あの便に乗っておられるとは、知りませんでした、将軍。知っていたら、有視界飛行方式《VFR》は許可しなかったでしょう」

「あれをやったのには、重要な意味があったんだ、大佐——かなりいろいろなことがわかった。われわれの最初の任務について、きみと幕僚に説明したいんだが」

「体を休めて準備を整えるのに、午後と夜は休憩したいだろうと思っていたんです」

ウィルヘルムがいった。「基地を案内して、トリプルCと作戦センターを見てもらい、幕僚と引き合わせ、うまい食事を――」

「われわれがここにいるあいだに、そういうことをやってもらう時間はいくらでもある」マクラナハンはいった。「しかし、着陸するときに敵砲火に遭遇したので、できるだけ早くはじめたほうがいいと思う」

「敵砲火？」ウィルヘルムが、トンプソンの顔を見た。「いったいなんの話だ、トンプソン？　報告を受けていないぞ」

「それをいま説明しようとしているんだよ、大佐」マクラナハンはいった。「そのあと、慣熟飛行およびデータ微調整を今夜行ない、地上砲火の起点を突き止める作業を開始する」

「失礼ですが、将軍」ウィルヘルムがいった。「あなたがたの作戦は幕僚が入念に検査し、トリプルCのすべての部門との相互干渉（たとえばおなじ目標を重複して攻撃するような行動のこと）を排除しなければなりません。二、三時間では終わらない作業です」

「われわれの作戦計画と空軍増強部との契約書は、一週間前にそっちに送ってある、大佐。きみのところの幕僚には、検査する時間がじゅうぶんにあったはずだ」

「それはそうですが、将軍、わたしの幕僚とのブリーフィングは、明朝〇五三〇時の予定です」ウィルヘルムがいった。「あなたがたとは〇七〇〇時に会って、それを検討する予定でした。そういう予定だったはずです」

「たしかに予定はそうだった、大佐。しかし、いまは今夜に最初の任務を開始したいんだ。われわれの後続の航空機が到着する前に」

「後続の航空機？　一機だけだと思っていましたが」

「ここに到着するときに敵砲火に遭った直後に、特殊な貨物や装備を積んだ二機目の作戦機を呼び寄せる許可を会社から得た」マクラナハンはいった。「それもおなじルーザーで――」

「〝負け犬《ルーザー》〟？」

「すまない。われわれの航空機の愛称だ。そのための格納庫と、二十五人の補充要員のベッドが必要になる。二十時間後に到着する。到着したら、必要なものは――」

「失礼ですが、将軍」ウィルヘルムがさえぎった。「ちょっと話ができませんか？」タンクの奥の隅を指し示し、マクラナハンについてくるようにと合図した。ふたりが近づくと、ウィルヘルムに警告するようにじろりと睨《にら》まれた若い空軍中尉が、気を利かして近くのコンソールから離れた。

そのコンソールのそばへ行って、ふたりきりで話ができるようになると、マクラナハンが指をあげて、左の耳の穴にはめてあってほとんど見えないイヤセットの小さなボタンに触れた。ウィルヘルムがびっくりして目を剝《む》いた。「それは携帯電話のワイヤレス・イヤピースですか?」ウィルヘルムがきいた。

マクラナハンはうなずいた。「ここでは携帯電話の使用は禁じられているのか、大佐? 表で受けてもいいが――」

「携帯電話は……電子妨害《ジャミング》されて、だれも受信も送信もできないはずなのに――遠隔操作のIEDに対する防御策ですよ。それに、いちばん近い基地局でも一〇キロくらい離れている」

「特殊な装置だ――暗号化され、秘話で、ジャミングに対抗できる。小さいがきわめて強力だ」マクラナハンはいった。「きみたちのジャミング装置の改善も手がけるよ。あるいは送受信の双方の位置を精確に突き止める方向探知機に換えてもいい」ウィルヘルムが、まごついて目をしばたたいた。「それで、電話を受けてもかまわないね?」ウィルヘルムが茫然《ぼうぜん》として答えられなかったので、マクラナハンはうなずいて感謝を伝え、〝通話〟ボタンに触れた。「やあ、デイヴ。そうだ……ああ、電話をかけてもらってくれ。きみのいうとおりだった。ありがとう」イヤセットにまた触れて、電話を終えた。「話を中断してすまなかった、大佐。なにかききたいことがあるのかな?」

ウィルヘルムは、困惑をすばやく頭から払いのけ、腰の脇で拳《こぶし》を固めて、マクラナハンのほうに体を傾けた。「はい、将軍、ありますよ。あんた、いったい何様のつもりだ?」ウィルヘルムは、声をひそめて、うなるように低くつぶやいた。殴ってみろというように顎を突き出し、射抜くようなすさまじい凝視をマクラナハンに向けて立ちはだかった。「ここはおれの指揮センターだ。ここではだれの指図も受けない。たとえ相手が基地司令と称するアラブ人でもだ。おれの承諾や許可を得ていないものは、なんであろうと一五〇キロメートル以内には近づかせない。相手が退役中将でもおなじだ。あんたは来てしまったからいてもいいが、基地に来る許可を得ていない後続のやつらは、ここから蹴《け》り出してやる。そいつのケツがペルシャ湾まで吹っ飛ぶくらい、したたかに蹴飛ばす。わかったか、将軍?」

「ああ、大佐、わかった」マクラナハンはいった。目をそらさず、ふたりは睨み合っていた。「いうことはそれだけか、大佐」

「おれに生意気な口をきくんじゃない、マクラナハン」ウィルヘルムがいった。「おまえらの契約書は見たし、民間増強部隊だか受託業者《コントラクター》だかなんだか知らないが、おまえらみたいなやつらは何千人も相手にしてきた。おまえらはハイテクかもしれないが、おれにしてみれば、ここにいるコックや皿洗いとなにも変わりがないんだ。

いっておくが、将軍、これは警告だ。おれの領分にいるあいだは、あんたはおれの部下だ。埒《らち》を越えたら、痛い目に遭うぞ。おれの命令に違反したら、おまえのきんたまをこの手で喉に詰め込んでやる」ちょっと間を置いてからいった。「おれにいいたいことがあるか、将軍?」

「あるよ、大佐」マクラナハンが笑みを浮かべたので、ウィルヘルムは怒髪天をつきそうになった。マクラナハンはつづけた。「師団司令部から電話がかかっているんじゃないかな。出たほうがいい」ウィルヘルムがふりむくと、当直の通信士官が小走りに近づいてくるところだった。

ウィルヘルムは、マクラナハンの笑顔を見て、睨みつけてから、近くのコンソールへ行きヘッドセットをかけて、ログインした。「ウィルヘルムだ。なんだ?」

「師団とつなぎます」通信技術兵がいった。ウィルヘルムは驚いてマクラナハンのほうを見た。ほどなく聞こえた。「ジャックか? コナリーだ」チャールズ・コナリー少将は、イラク北部に駐留しているワシントン州フォート・ルイスの第二師団の師団長だった。

「はい」

「すまない、ジャック、わたしもいましがた聞いたばかりなんだ。きみに電話しておいたほうがいいと思った」コナリーがいった。「その受託業者《コントラクター》は、イラク - トルコ国境で空中監視任務を行なうことになっているんだろう? それに大物が参加している。パトリック・マクラナハンだ」

「いまも話をしているところですよ、師団長」ウィルヘルムがいった。

「もう着いているのか？　しまった。気の毒だが、ジャック、その人物はどこにでも姿を現わして、好き勝手なことをやるという評判だ」

「ここではそうはさせませんよ、師団長」

「よく聞け、ジャック。やつの後ろ楯《だて》にどれだけの力があるかをはっきりと見極めるまでは、丁重に扱ったほうがいい」コナリーがいった。「たしかにもう民間人でコントラクターだが、電話一本であっというまに軍歴《キャリア》の方向性を変える力がある重鎮の下で働いていると、軍団から伝えられた。わたしがいう意味はわかるだろう」

「もう一機こっちによこすという話を聞いたばかりです。人員もあと二十五人増えます！　わたしはこの基地を縮小しようとしているんですよ。民間人を増やすどころではなく」

「ああ、それも聞いた」コナリーがいった。むっつりした口調からして、ウィルヘルムとおなじように蚊帳《かや》の外に置かれていることは明らかだった。「よく聞け、ジャック。やつがきみの指示について重大な違反を犯したときには、基地から追い出して、厄介払いしたいようなら、わたしはきみを全面的に支援する。だが、やつはパトリック・くそ・マクラナハンさまで、退役空軍中将だ。自由にやらせておけば、やつは自分で自分の首を絞めることになるだろうと、軍団ではいっている——前にもそういうことがあったし、だからもう軍服を着ていないわけだよ」

「それでも、不愉快です、師団長」

「まあ、好きなようにやるんだな、ジャック」コナリーがいった。「だが、忠告しておこう。当面、やつに我慢して、愛想よくして、怒らせないようにしろ。きみがそれをやらず、やつの後ろ楯に膨大な力があった場合、われわれはふたりともクビにされかねない。

　とにかく仕事に専念しろ、ジャック」コナリーが、なおもいった。「われわれの仕事は、その戦域を軍から民間の平和維持活動に移行させることだ。そうなったら、マクラナハンのような受託業者《コントラクター》が、前線で危険にさらされるようになる。兵士たちを名誉ある形で無事に帰国させるのが、きみの仕事だ——もちろん、それにあたっては、わたしの粉骨砕身の働きが目立つようにしてほしいね」

　コナリーの口調からして、まんざら冗談でもないのだと、ウィルヘルムは判断した。

「了解しました、師団長」

「ほかにいいたいことはあるか？」

「ありません」

「よろしい。がんばってくれ。師団通信終わり」

　ウィルヘルムは、電話を切ってから、また携帯電話イヤセットで話をしているマクラナハンのほうを見た。ＩＥＤの遠隔操作を阻むための携帯電話電子妨害装置《ジャマー》を打ち負かすようなテクノロジーをマクラナハンが使用しているということは、一流のエンジニアとふんだんな資金があるにちがいない。

コンソールにつくと、ウィルヘルムはいった。「当直将校、作戦幕僚をただちに主ブリーフィング・ルームに召集しろ。サイアンの監視計画を検討する」

「かしこまりました」

マクラナハンが電話を終えたとき、ウィルヘルムはヘッドセットをはずして、近づいた。「どうして師団からおれに電話がかかってくるとわかったんだ、マクラナハン?」

「まぐれ当たりだ」

その返事を聞いて、ウィルヘルムは顔をしかめた。「そうか」どうでもいいというように、首をふりながらいった。「まあいい。すぐに幕僚にブリーフィングをやらせる。ついてこい」ウィルヘルムは、マクラナハンとマスターズを従えて、帷幕会議室《タンク》を出ると、階段を昇り、主ブリーフィング・ルームへ行った。そこはガラス張りの防音会議室で、タンクのコンソールや中央のコンピュータ・モニターを見おろすことができる。幕僚たちがひとりずつ、ブリーフィングのメモやパワーポイントのプレゼンテーションを保存した〈サム・ドライヴ〉（USBポート接続のフラッシュメモリの商品名）を持ってはいってきた。先に来ていた将校ふたりに挨拶する手間はかけなかった。

ウィルヘルムが、隅の小さな冷蔵庫から水のペットボトルを出して、タンクを見おろす窓の前の席に座った。「では将軍、あんたが勤務しているこのサイアン・エヴィエーション・インターナショナルという会社について説明してくれ」幕僚と支援要員が勢ぞろいして準備をするのを待つあいだに、ウィルヘルムはいった。

「説明することはあまりない」マクラナハンはいった。マスターズと自分の水を出したが、座らなかった。「二年ほど前に設立された。創業は——」

「心臓の病気で辞めたときだな？」ウィルヘルムがきいた。マクラナハンは答えなかった。「調子はどうなんだ？」

「順調だ」

「ガードナー大統領が、イランで起きたことについてあんたを告発しようとしたという噂《うわさ》があった」

「それについてはなにも知らない」

「そうかい。一万五〇〇〇キロ離れた師団司令部からおれに秘話衛星電話がかかってくるのを、あんたは知ってたが、ホワイトハウスと司法省のターゲットになっていたのは知らないというのか」マクラナハンはなにもいわなかった。「レオニード・ゼヴィティンの死にあんたはかかわっていたし、ゼヴィティンはスキーの事故で死んだのではないという噂も、まったく知らないというんだろうな？」

「途方もない噂の話をするために、ここに来たのではない」

「もちろんそうだろう」ウィルヘルムが、皮肉をこめていった。「そうか。心臓が悪いのに世界中を旅するような稼業に手を染めているということは、よっぽど実入りがいいんだろうな。そういう連中はたいがい、年金をもらいながら、フロリダでプールサイドに寝そべって、離婚した女にちょっかいを出している」

「宇宙旅行をしないかぎり、心臓に問題はない」

「なるほど。それで、あんたのこのビジネスは、どれくらい儲かるんだ？ 傭兵ビジネスはにわか景気だっていうじゃないか」退役空軍中将に無礼なことをいったのではないかと心配しているふりをして、あわてた表情を装った。「おっと、これは失礼した、将軍。〝民間軍事会社〟とか〝セキュリティ・コンサルタント〟とかいうほうがお好みかな？」

「おまえがなんと呼ぼうが、わたしの知ったことではない、大佐」マクラナハンはいった。ブリーフィングの準備をしていた佐官級の将校数人が、ボスのほうにちらりと目を向けた——おもしろがっている表情のものもいれば、びくびくしているものもいた。

ＶＩＰの客人を怒らせたことに満足したウィルヘルムが、薄笑いを浮かべた。「それとも〝ナイト・ストーカーズ〟の別名だったかな？ 数年前にあんたがくわわっていたという噂のある部隊は、そういう名称だったな？　たしかリビアを攻撃したんじゃなかったかな？　そのときにあんたは空軍を一度辞めさせられた」マクラナハンが答えなかったので、ウィルヘルムはまた薄笑いを浮かべた。「まあ、〝サイアン〟は〝ナイト・ストーカーズ〟よりずっとましだと、おれは思う。子供向けの馬鹿げたテレビアニメに出てくるスーパーヒーローじゃなくて、ほんもののセキュリティ・コンサルタントっぽい」反応はなかった。「で、どれくらい儲かるのかね、将軍？」

「契約の金額は正確に知っているはずだ、大佐」マクラナハンはいった。「秘密扱いではない」

「ああ、そうだった」――ウィルヘルムが、顔をゆがめた――「思い出した。三年間の選択権《オプション》付きで、一年あたり九千四百万ドル。一年だぞ！　ケロッグ・ブランド・アンド・ルート（ＫＢＲ）、ハリバートン、ブラックウォーターはべつとして、一社では最大の契約だ（ＫＢＲは石油プラントの大手エンジニアリング会社で、エネルギー大手企業ハリバートンの傘下。イラクの油田火災消火と修復を手がけた）。いや、おれがきいてるのは、将軍、あんたの取り分だよ。二年以内におれが将軍になれなかったときには、サイアン・エヴィエーション・インターナショナルで、おれみたいな歩兵を使ってもらえないかな。どうなんだ、将軍様？」

「それはどうかな、大佐」マクラナハンは、無表情でいった。「つまり、自慢たらたらで大口を叩くほかに、おまえはここでどんな仕事をやっているんだ？」

ウィルヘルムの顔が憤怒《ふんぬ》の仮面に変わり、さっと立ちあがって、怒りにまかせて水のペットボトルを握り潰しそうになった。ウィルヘルムがマクラナハンに詰め寄り、ふたたび顔と顔を突き合わせるようにした。マクラナハンがウィルヘルムを押しのけもせず、下がりもしなかったので、ウィルヘルムの表情は、憤怒の仮面からワニのような笑みに変わった。

「いい質問だ、将軍」うなずきながら、ウィルヘルムがいった。声をひそめた。「おれがこれからここでやる仕事を教えてやろう、将軍。あんたが契約どおりのことをやるように目を光らせる――それ以上でもそれ以下でもだめだ。そこから赤毛の陰毛一本分でもそれたら、儲けがたっぷりと出る契約が反故《ほご》になるように手を打つ。あんたは長居できないという気がするよ。おれの部下をちょっとでも危険にさらしたら、心臓のことで悩まなくていいように、あんたの心臓をえぐり出して、口から突っ込む」部屋にいる幕僚と支援要員のほうに、体を半分まわした。「ブリーフィングの用意はまだか、ウェザリー？」

「用意はできています」すぐさまひとりの将校が答えた。ウィルヘルムはもう一度マクラナハンに薄笑いを向け、先頭の列の席へすたすたと歩いていった。佐官級と尉官級の将校数人が、いっぽうにならび、説明をはじめる態勢になった。「こんにちは、みなさん。わたしはマーク・ウェザリー中佐、副連隊長です。このブリーフィングの秘密区分は極秘《シークレット》、対外国開示禁止《ＮＯＦＯＲ》、国家機密にかかわる情報源と手順が含まれています。部屋の秘密保全も確保されました。このブリーフィングは、サイアン・エヴィエーション・インターナショナルが提示した監視計画について連隊幕僚が検討した結果を――」

「ああ、わかった、ウェザリー、いまさら若いころには戻れないぞ」ウィルヘルムがさえぎった。「そこの優秀な将軍に空軍軍学《ウォー》カレッジ（上級将校向けの教育課程）のごたくは必要ない。さっさと要点にはいれ」

「はい、大佐」作戦幕僚である副連隊長のウェザリーがいった。すばやく目当てのパワーポイントのスライドを呼び出した。「結果はこういうことです。サイアンが展開する予定のテクノロジーについて、われわれはあまり詳しくないので、どれほど有効であるのかはわからない」

「明確な説明があったはずだろう、ウェザリー？」

「はい、大佐、しかし……率直にいって、信じられません」ウェザリーが、マクラナハンを不安げにちらりと見た。「たった一機で地表三万一〇〇〇平方メートルと、空中四〇万立方キロメートルの哨戒《しょうかい》を行なうというのは？　グローバル・ホーク二機が必要な作業です――しかし、グローバル・ホークは、いまのところ空中は監視できない。しかも、それを最大規模のＭＴＩ（移動物標指示装置。地上を動いている車両などを長距離から追跡するためのレーダー。固定物体からの反射信号は消去される）監視モードで行なうというのです。サイアンは、哨戒〝全域〟で〝常時〟五〇センチまでの解像度が利用できると提案しています……たった一機で。できるはずがありません」

「将軍」薄笑いを浮かべて、ウィルヘルムがきいた。「ご意見をお聞かせ願えるかね？」幕僚と支援要員のほうを向いて、自分の言葉をいい直した。「おっと失礼、紳士淑女諸君、こちらはパトリック・マクラナハン退役空軍中将だ。サイアン・エヴィエーションのお偉方であられる。みんなも名前ぐらい聞いたことがあるだろう？」一同が唖然とした表情になったり、口をあんぐりとあけたりしたことから、マクラナハンの名が知られていることは明らかだった。「畏《おそ》れ多くも将軍はきょう突然お越しになった。将軍、おれの幕僚たちだ。さて、ご高説をうけたまわろう」

「ありがとう、大佐」マクラナハンは立ちあがり、ウィルヘルムに怒りのこもった目を向けた。「このプロジェクトでいっしょに作業できるのが楽しみだ、みなさん。ここにいるジョナサン・マスターズ博士が、地上と空中の物標の解像度と探知距離を改善するために開発したテクノロジーについて説明してもいいが、じっさいに見せるほうがずっといいと思う。今夜、われわれのために空域を空けてくれれば、なにができるかを見せよう」

「それは不可能だ、将軍。なぜなら、先ほどわかったのだが、今夜行なわれる作戦がある」ウィルヘルムは、かなり若く、ひどく不安そうな顔をしている大尉のほうを向いた。「コター」

コターと呼ばれた大尉が、こそこそと一歩進み出た。「航空交通管理課長のケルヴィン・コター大尉と申します。先ほど、イラク軍が予定している作戦のことを知らされ、支援を求められました。クルド人の爆弾製造と非合法密輸作戦が行なわれている疑いがある、ザフークの北の村を空爆することになっています――いくつかの村を結び、国境を越えている、大規模なトンネル網があるとのことです。持続的な監視支援をイラク側は求めています。グローバル・ホーク、リーパー、プレデター、ストライカーを、専用に割り当ててほしいとのことです。それにくわえ、空軍、海兵隊、陸軍の近接航空支援と砲撃支援も求めています。その地域に集中爆撃が行なわれます。われわれは……失礼ですが、将軍、現時点ではわれわれは、そちらのセンサーが他の機器とどれほど相互に情報を交換できるかを知りません」

「そういうことなら、他の無人機はすべてひっこめて、われわれがすべての支援をやればいい」マスターズがいった。

「なんだと?」ウィルヘルムが怒声を発した。

「それらの無人機の燃料と飛行時間を無駄遣いせず、監視支援をわれわれに任せればいいといったんだ」マスターズはいった。「われわれの画像解像度はグローバル・ホークの三倍、電子光学センサーの解像度は五倍だし、地上の支援要員向けの空中指揮統制もずっと迅速かつ手際よくできる。地域ネットワーク・ルーターとして、端末千台向けに通信中継を行なえる」

「端末千台？」だれかが大声をあげた。

「リンク16（軍用の戦術データリンク）の三倍の速度でやれる——それ自体、どっちみちたいしたシステムではないが」マスターズはいった。「なあ、諸君、これをばらすのは気の毒だが、きみたちはここで初日から前の世代のやつを使ってきたんだ。ブロック10グローバル・ホーク？　きみたちのうち何人かが陸軍にはいる前から使われていた恐竜なみの古いやつだ！　プレデター？　いまだに微光テレビを使っているんだろう？　いったいどこのだれが、そんな昔のテクノロジーを使うというんだ……フレッド・フリントストーンか（アニメ『原始家族フリントストーン』の主人公）？」

「さまざまな機種すべてを、あんたの通信網とタンクに接続するのを、どういうふうにやるつもりだ？　しかも今夜のうちに？」ウィルヘルムがきいた。「接続して資産（情報収集やその支援活動に使用できる機具、施設、物資すべてを指す）を検証するには、何日もかかる」

「いまもいったように、大佐、きみたちは時代遅れのテクノロジーを使っている——そうとも、そいつをつなぐには、十年かそれ以上かかるだろう」マスターズは応じた。

「よその文明社会では、近ごろはなんでもプラグ&プレイなんだよ。きみたちの飛行機のエンジンを始動し、こっちの飛行機の探知範囲に持ってきて、機器のスイッチを入れれば、それでつながる。地上でもできるし、おなじ場所にいなくても、飛行中にできる」

「みんなすまないが、おれはこの目で見ないと信じられないんだがな」ウィルヘルムがいった。べつの将校のほうを向いた。「ハリソン。こいつらのいってることがわかるか？」

男好きのする感じの赤毛の女性が、あわてて引きさがるコターをよけながら、進み出た。「はい、大佐。遠隔操縦航空機とそのセンサー用の瞬間高速ブロードバンド・ネットワークについて、資料で読んだことはありますが、じっさいに行なわれるのを見たことはありません」マクラナハンのほうを見て、すばやく演壇からおりると、手を差し出した。マクラナハンは立って、握られた手が熱心にふり動かされるのを許していた。「マーガレット・ハリソンです。元空軍第三特殊作戦飛行隊作戦将校です。ナフラでは受託して無人機運用を指揮してます。お目にかかれて、ほんとうにうれしいです。空軍にはいったのは、将軍がいたからでした。将軍はほんものの——」

「ろくでもないブリーフィングを最後までやらせてやれ、ハリソン」ウィルヘルムがさえぎった。ハリソンの顔から笑みが消え、小走りに演壇の定位置に戻った。「将軍、実証されていない未知のテクノロジーを使って任務を台無しにする危険を冒すつもりはない」

「大佐――」

「将軍、わたしの責任地域《AOR》は、ドホーク県全域とニーナワー県およびアルビール県の半分だ」ウィルヘルムがいい立てた。「イラク北部全域の作戦を支援する責務も負っている。ザフークの作戦は、毎週管理しなければならない八件の攻勢のひとつにすぎない。ほかにも小規模な作戦が六件あり、毎日小さな事件が数十件起きている。あんたは、自分の儲かる契約を実行するために、イラク軍と米軍の兵士千人の生命と、航空機数十機、地上の車両数十台を危険にさらそうとしている。そんなことは許さない。コター、つぎの空いている時間帯はいつだ?」

「ザフーク攻撃の航空支援の時間帯は、十二時間後に終わりますから、現地時間で午後三時になります」

「では、その後の時間帯にテストをやってよろしい、将軍」ウィルヘルムがいった。

「ひと晩ぐっすり眠れるぞ。ハリソン、将軍が遊ぶのに使える無人機はなんだ?」

「ザフークの作戦では、師団専用のグローバル・ホークと連隊のリーパーおよびプレデターすべてのうち、一機だけを残しておきます。帰投後、整備して飛べるようになるまで、十二時間以上かかります。南部からグローバル・ホーク一機をまわすことができるかもしれません」

「それを手配しろ。コター、彼らが設定に必要な時間に応じて、空域を確保してやれ」ウィルヘルムは、トンプソンのほうを向いた。「トンプソン、将軍と一行を支援サービスに連れていって、寝かしつけろ」

「はい、大佐」

ウィルヘルムが立ちあがり、マクラナハンに向かっていった。「将軍、ほかに必要なものがあれば、ここの連中にきいてくれ。航空機整備の要求は、飛行列線のやつらに大至急伝えたほうがいい。今夜はいっしょに食事しよう」ドアに向かいかけた。

「すまないが、大佐、われわれにはそんな時間はない」マクラナハンはいった。「しかしお招きには感謝する」

ウィルヘルムが立ちどまり、ふりむいた。「あんたら〝コンサルタント〟はずいぶん勤勉だな、将軍」ウィルヘルムがそっけなくいった。「みんな会えなくて残念に思うだろうよ」ウィルヘルムがブリーフィング・ルームを出ていくとき、ウェザリーが気をつけを一同に命じた。

まるで見えない鎖から解き放たれたように、幕僚やスタッフ全員がマクラナハンに駆け寄って、自己紹介をしたり、あらためて名乗ったりした。「よりによってこんな僻地《へきち》に将軍がおいでになるとは、信じられない思いです」ウェザリーが、握手をしながらいった。

「アームストロング宇宙ステーションから急にいなくなったときには、亡くなられたのか、心臓発作でも起こされたのかと思いました」コターがいった。

「わたしはそうは思わなかった――ガードナー大統領が、スペースシャトルでＦＢＩの暗殺班を送り込んだのかと思いました」ハリソンがいった。

「考えすぎだよ、マグズ」

「マーガレットと呼びなさいよ、抜け作」ハリソンが、笑みを浮かべて叱りつけた。

ふたたびマクラナハンに向かっていった。「ほんとうですか――将軍はほんとうに、アメリカ合衆国大統領の命令に反して、イランのロシア軍基地を爆撃したんですか？」

「その話はできない」マクラナハンはいった。

「でも、アメリカン・ホロコーストのあと、シベリアのロシア軍基地を占領して、ロシア軍のミサイル発射機を攻撃するのに使ったんでしょう？」リース・フリッピンがいった。フリッピンも受託業者で、南部なまりが強く、出っ歯だった。「それで、ロシア軍がその基地を核ミサイルで攻撃したけど、将軍は生き延びたんですね？　すっげえ……！」そこで一同が爆笑し、なまりが気にならなくなり、出っ歯もふつうの歯並びになったように見えたところで、フリッピンがまたいった。「すばらしいっていうつもりだったんです、将軍。ほんとにすばらしい」笑い声がいっそう大きくなった。

　グレーの砂漠用迷彩のフライト・スーツとグレーのブーツを身につけた若い女性が、他のスタッフとは交わらずに、ノートパソコンやメモをまとめながら興味ありげに見守っていることに、マクラナハンは気づいた。ショートの髪は黒く、焦茶色のひとを惹きつける目と、消えたり現われたりする茶目っけのあるえくぼの持ち主だった。なんとなく見憶えがあるような気がした。もっとも、空軍士官や搭乗員の多くが、マクラナハンにはそんなふうに見える。ウィルヘルムは彼女を紹介しなかった。「失礼」マクラナハンは、まわりに群がっているひとびとと当たり障りのない話をしていたが、急にどうでもよくなって、そちらに声をかけた。「会ったことはなかったね。わたしは――」

「パトリック・マクラナハン将軍のことを知らないひとはいませんよ」その女性がいった。中佐で、コマンド・パイロット（飛行時間三〇〇〇時間・航空機搭乗一五年以上のパイロット）の徽章《きしょう》をつけているのに気づき、マクラナハンはびっくりした。だが、フライト・スーツにはそれ以外のワッペンも部隊徽章もなく、四角い〈ベルクロ〉の面があるばかりだった。その女性が、手を差し出した。「ジア・カッツォットです。じつは会ったことがあります」

「会ったことがある？」間が抜けている、とマクラナハンは自分を叱った。どうして忘れたのだろう？「すまない。憶えていない」

「わたしは第一一一爆撃飛行隊にいたんです」

「ああ」としかマクラナハンにはいえなかった。第一一一爆撃飛行隊は、ネヴァダ州州兵航空隊で、B‐1ランサー重爆撃機を使用していた。マクラナハンはそれを解隊し、ネヴァダ州のバトルマウンテン空軍予備役基地で第一航空戦航空団《エア・バトル・ウィング》を編成した。その部隊の人員はすべてマクラナハンがみずから選んだ。記憶にないということは、人員削減にひっかかったのだろう。「どこに行ったのかな、その……そのあと……」

「将軍が州兵部隊を解隊したあとですか？　その話をしても、平気ですよ」カッツォットがいった。「ほんとうにうまくいったんです――あの部隊が解隊されたのは、かえって幸運だったかもしれません。わたしは大学に戻って工学修士号を取り、プラント42に職を得て、バトルマウンテンにヴァンパイアを空輸しました」

「ああ、それはありがたい」マクラナハンはいった。「きみたちがいなかったら、われわれはやっていけなかった」空軍プラント42は、連邦政府が所有し、受託業者が管理している生産施設のひとつだった。カリフォルニア州パーマデールにあり、ロッキードB‐1爆撃機、ノースロップB‐2スピリット・ステルス爆撃機、ロッキードSR‐71ブラックバード、F‐117ナイトホーク・ステルス戦闘機、スペースシャトルなどを製造していることで名高かった。

　生産ラインが閉鎖されたあと、このプラントはしばしば既存の機体の改造作業や、新しいプロジェクトの研究と設計を行なっていた。EB‐1C〝ヴァンパイア〟と改称された航空戦闘軍《エア・バトル・フォース》のB‐1爆撃機は、プラント42で行なわれたもっとも複雑な再設計プロジェクトのひとつで、任務適応テクノロジー、より強力なエンジン、レーザー・レーダー、先進的なコンピュータ、照準システムがつけくわえられ、空中発射対弾道ミサイルや対衛星ミサイルも含めた、さまざまな兵器を使用できるようになった。それがやがてパイロットのいない無人機になり、性能も向上した。

「いまもB‐1を飛ばしているのか、中佐？」マクラナハンはきいた。

「はい」ジアが答えた。「アメリカン・ホロコースト後、AMARCからB‐1《ボーン》十数機が戻されて、改良されました」AMARCと略される航空宇宙整備再生センターには、〝廃品置き場《ボーンヤード》〟という別名がある。アリゾナ州ツーソンに近いデイヴィス‐モンサン空軍基地の広大な施設で、何千機もの航空機が保存され、パーツ取りのために解体されている。「ヴァンパイアとはまったくちがいますが、将軍のところでやっているような作業の大部分をやることができます」

「ナフラから飛ばしているのかね、中佐？」マクラナハンはきいた。「ここにB‐1があるとは知らなかった」

「ボクサーは第七空軍海外遠征飛行隊隊長なんですよ」クリス・トンプソンが説明した。「この部隊にはさまざまな拠点があります――バーレーン、アラブ首長国連邦、クウェート、ディエゴガルシア――戦域の連合軍部隊の必要に応じて、任務のために待機しているんです。彼女がここにいるのは、今夜のイラク軍の作戦のためです――念のため、ボクサーのB‐1が待機しているわけです」

マクラナハンはうなずき、笑みを浮かべた。「〝ボクサー〟？　きみのコールサインか？」

「わたしの曾祖父は、アメリカに来たとき、エリス島に着いたんです」ジアが説明した。「カッツォットというのは、ほんとうの苗字《みようじ》ではありません――イントゥッリガルディアというんです――べつにいいづらくはないでしょう？　でも、移民局のひとたちは発音できなかった。それで、べつの青年が曾祖父をカッツォットと呼ぶのを聞いて――〝拳骨《げんこつ》で殴る〟という意味です――そういう苗字にしてしまったんです。ずっと殴られていたのか、それとも殴る側だったのかは、知りませんけど」

「彼女がジムでパンチバッグを叩くのを見ましたが、ぴったりのコールサインですよ」トンプソンがいった。

「なるほど」マクラナハンは、ジアに笑みを向けていった。ジアが笑みを返した。ふたりの視線が絡み合った……。

……それが、周囲のものたちにとって、突破口になった。「将軍の飛行機をいつ見せてもらえるんですか？」ハリソンがきいた。

「さっきおっしゃったことを、ほんとうにぜんぶやれるんですか……？」

「イラクの軍隊すべての役割を肩代わりするんですか……？」

「わかった、男の子も女の子も、さあさあ。われわれには仕事がある」クリス・トンプソンが、マクラナハンに向けて矢継ぎ早に放たれる質問をとめるために両手をあげて、さえぎった。「将軍にしつこくつきまとう時間は、あとでもある」また一同が我先にと駆けよってマクラナハンと握手をしてから、〈サム・ドライブ〉や書類をまとめて、ブリーフィング・ルームを出ていった。

ジアは最後まで残っていた。マクラナハンの手を握り、しばらく離そうとしなかった。「お目にかかれて、ほんとうにうれしいです、将軍」

「わたしもおなじだ、中佐」

「ジアと呼んでください」

「わかった、ジア」ジアがそういったとき、マクラナハンはまだ彼女の手を握ったままで、一瞬、温かみが伝わってくるのを感じた――それとも、急に手に汗をかいたのか？「ボクサーはだめなのかな？」

「コールサインは自分で選べないでしょう。ちがいますか、将軍？」

「パトリックと呼んでくれ。わたしが搭乗していたころには、爆撃機乗りにコールサインはなかった」

「以前、第一一一の作戦幕僚が、あなたに結構な綽名をいくつかつけていたのを憶えていいます」そういうと、ジアは笑みを浮かべて出ていった。

クリス・トンプソンが、にやにや笑いながら、マクラナハンのほうを見た。「かわいいでしょう?　マーフィー・ブラウンみたいな感じで（シチュエーション・コメディ『TVキャスター　マーフィー・ブラウン』の主人公。キャンディス・バーゲンが演じた）

「ああ。そのにやにや笑いを顔から拭《ふ》き消せ」

「きまりが悪いのでしたら、そうしますよ」トンプソンは、なおもにやにや笑っていた。「彼女のことは、あまりよく知らないんです。無線のやりとりを何度か聞きましたから、けっこう飛んでいるようですね。今夜のように任務を行なうためにときどき来て、またべつの指揮センターへ行きます。いるのはせいぜい一日です」

マクラナハンは、思いがけずがっかりしていることに気づいたが、その落ち着かない気持ちをすぐに斥《しりぞ》けた。いったいなにが原因なのだろう……?　「B‐1は優秀な航空機だ」マクラナハンはいった。「AMARCからもっと復活させればいいのにと思う」

「歩兵もB‐1《ボーン》は大好きですよ。戦闘機とおなじくらい迅速に戦闘に参加できますし、空中給油なしでも、プレデターやグローバル・ホークなみに、長時間の滞空が可能です。センサーや光学機器は改善され、基地や他の航空機に大量のデータを送れます。それに、F／A‐18一個飛行中隊とおなじだけ、精密誘導爆装を積めます」トンプソンは、マクラナハンの哀愁を帯びた物静かな表情に気づいて、話題を変えることにした。「将軍はここにいた若者たちに、ほんとうにいい刺激をあたえていますよ。彼らがあんなに興奮するのは、ここにきてからはじめて見ました」

「ありがとう。刺激になるのはお互いさまだな――わたしも元気がみなぎってきた。それに、パトリックと呼んでほしい」

「いつもそう呼ぶとは約束できませんけどね、パトリック、がんばってみます。わたしのことはクリスで。さあ、宿舎へ行きましょう」

「行けないんだ。あすの午後のテスト飛行の前に、ジョンとふたりでやることが山ほどある。スタッフが宿舎を準備してくれるだろうが、たぶん機内で仮眠をとるよ」

「ぼくもおなじだ」マスターズがいった。「いつものことだし」

「それじゃ、支援サービスに機内に食事を届けるように頼みます」

「助かるよ、クリス。ザフークの作戦がはじまったときに、タンクにいる許可を得たいんだが」

「大佐はいつも、作戦中に非番の人間をタンクに入れるのを許しません。ことに今回は大がかりな作戦ですからね」トンプソンがいった。「しかし、ここで聞いているだけなら、許可してもらえるでしょう」

「それで結構だ」

「どのみち、ウィルヘルムには、それ以上は近づきたくないね」マスターズがいった。

「きみを殴り倒しそうな剣幕だったじゃないか、マック……二度も」

「でも、やらなかった。つまり、すこしは常識があるんだろう」マクラナハンはいった。「ひょっとして、いっしょに仕事ができるかもしれない。ようすを見よう」

3

片手に石を持ち、反対の手ではパンを見せつける。

――ローマの喜劇作家ティトゥス・マッキウス・プラウトゥス（紀元前二五四〜一八四年）

イラク　ナフラ連合軍航空基地

トンプソンは、マクラナハンとマスターズを連れて、格納庫に戻った。機付長や支援要員が、バッグをおろし、ルーザーの整備を行なっていた。トンプソンは、ルーザーをじっくりと眺めることができた。「こいつは美しい」トンプソンはいった。「ステルス爆撃機みたいに見えますね。偵察だけをやるのだと思っていましたが」

「そのために雇われた」マクラナハンはいった。

「でも、爆撃機なんでしょう？」

「以前は」

トンプソンは、機体下で作業している技術員に気づき、大きな開口部があるのを見つけた。「あれは爆弾倉でしょう？　これにはいまも爆弾倉があるんですね？」

「あれはモジュール・アクセス・ハッチだ」ジョン・マスターズがいった。「あそこからなにかを落とすわけじゃない――あそこからモジュールを搭載したり、はずしたりする」

「ルーザーには、かつては爆弾倉がふたつあった。B-2ステルス爆撃機とおなじだが、もっと大きかった」マクラナハンは説明した。「われわれは爆弾倉ふたつを合体させて、ひとつの大きな収納部にしたが、扉だけは二枚とも残した。そして、収納部を二層にした。二層のあいだで任務モジュールを移動したり、モジュール・ハッチから上げ下げしたりできる。ぜんぶ遠隔操作だ」

「全翼の偵察機か？」

「長距離多任務機には、全翼の設計が好都合なんだ」マスターズがいった。「将来の旅客機も、全翼になるだろう」

「サイアンの航空機は、多機能運搬体《マルチファンクション・プラットホーム》として設計されている。多種多様な作業を行なうために、さまざまな任務モジュールを取り付ける」マクラナハンはいった。

「この機は給油機にも輸送機にもなり、電子戦、写真偵察、通信中継、指揮統制を行なうことができる――そういった機能を、同時にいくつか働かせることも可能だ。

現在は、地上の移動ターゲット表示、地上レーダー識別および追跡、空中監視、データリンク、指揮統制に設定されている」マクラナハンは、説明をつづけた。「しかし、べつのモジュールを積み込めば、それとは異なる任務が行なえるようになる。あすは空中監視放射源《エミッター》を取り付ける」

マクラナハンは、機体の下へ行って、下面の大きな開口部をトンプソンに見せた。

「ここから地上ターゲット・エミッターを吊るして、地上ターゲットの識別と追跡を行なう。モジュールはすべて、搭載されているデジタル通信機器を介し、〝プラグ＆プレイ〟になっている。衛星中継でデータを末端使用者にアップロードできる。他のモジュールは、超広範囲ネットワーク、脅威探知と対応、自衛のためのものだ」

「脅威対応？　攻撃ということですか？」

「契約にはないし、まだ実験段階なので、そのシステムは使えないんだ」マクラナハンはいった。「しかし、悪党どもの武器に対して囮《デコイ》や電子妨害《ジャミング》をやるだけではなく、それよりもすこしましなことをやりたい」

マクラナハンは、トンプソンに梯子を昇らせて、ルーザーの機内にいざなった。コクピットは広く快適に見えた。計器盤は幅の広いモニター五面と、ほとんど目立たないところに埋め込まれた通常の〝蒸気圧力計〟的な計器数個からなっていた。「すばらしいフライト・デッキですね」

「機長と任務指揮官が、通常どおり前の席だ」マクラナハンはいった。副操縦士席のうしろにある横向きの座席に片手を置いた。「航空機関士が、ここで機のシステムとミッション・モジュールすべてをモニターする」

トンプソンが、搭乗梯子のうしろのカウンターを示した。「調理室《ギャリー》まであるんですね！」

「水洗便所もある。長時間のフライトには便利だ」マスターズがいった。

三人は、コクピット後部の小さなハッチをくぐり、短く狭い通路を歩いて、人がやっと通れるような狭い通路を残して、さまざまな大きさの貨物コンテナがびっしりと積まれている区画に出た。「受託業者は寝室と黄金の蛇口付きバスタブがある飛行機に乗っていると思っていましたよ」トンプソンが、冗談をいった。

「黄金の蛇口付きバスタブには一度もお目にかかったことがないね。まして機内では」マクラナハンは、むきになっていった。「あるわけがない。スペースと重量は、ほんのすこしでもゆるがせにできない」ハーフサイズの貨物モジュールを指差した。機内に据え付けられたモジュールのなかでもっとも薄いことに、トンプソンは気づいた。「あれが搭乗員の手荷物と所持品のコンテナだ。このフライトで連れてきた二十五人は、ひとりあたりの荷物が一〇キロ未満に制限されている。ノートパソコンも含めた重さだ。いうまでもないだろうが、今回の海外遠征では、そっちの売店にしょっちゅう行くことになる」

一行は、機内のまんなかでかなりのスペースを取っている魚雷型の大きなグレーの物体を、よけて通らなければならなかった。「これが上から突き出すアンテナですね？」トンプソンがきいた。

「そうだ」マクラナハンはいった。「レーザー・レーダー・モジュールだ。探知範囲は秘密扱いになっているが、宇宙も見えるし、水中も見られるほど強力だ。電子的に走査《スキャン》するレーザー・エミッターで、一秒に数百万回見るものすべての画像を〝描き〟、解像度はグローバル・ホークの三倍だ。あっちのもう一台は、機体下から出して、地上の物標をスキャンする」

「ミサイルみたいな形ですね」トンプソンが評した。「それに、下の開口部はやっぱり爆弾倉みたいに見える」怪訝《けげん》な表情で、マクラナハンのほうを見た。「脅威対応、ですか？　将軍はやっぱり、戦略爆撃機の稼業から離れていないんじゃないですか？」

「われわれが契約で求められているのは、観察と報告だ。大佐もいったように、それ以上でもそれ以下でもない」

「ああ、そうですか、将軍――ポテトチップの袋をあけても、わたしはひと切れしか食べませんよ。欲ばらないたちなんです」トンプソンが茶化した。まわりを見た。

「ここに乗客の席は見当たりませんね。取り外して運び出したんですか？」

「乗客ひとりずつに認可された座席と安全ベルトがないことを、連邦航空局《FAA》に報告するつもりなら、そうだと返事しよう——ああ、取り外して、運び出した」マクラナハンはいった。

「いやはや、航空受託業者のイメージが、すっかり吹っ飛んでしまいましたよ」トンプソンが、首をふりながらいった。「派手な暮らしをしているとばかり思っていました」

「きみの贅沢な夢をぶち壊して悪かった。コクピットに予備座席がふたつ、モジュールのいくつかの上と下に技術員の席があり、しっかりと休息する必要があるものが使う。しかし、あとは寝袋とマットレスを持ってきて、適当なところで横になる。わたしは手荷物用のコンテナが気に入っている——静かだし、クッションがきいている」

「これとくらべたら、われわれのコンテナ化住宅ユニットは贅沢に思えますよ」トンプソンがいった。「レーダー操作員は搭乗しないんですか？」

「機内にこれだけ詰め込むには、レーダー操作員、兵装制御員、戦闘幕僚に地上にいてもらい、データリンクで情報を伝えるしかない」マクラナハンはいった。「しかし、それは簡単な作業だ。全員のネットワークにすばやく接続できるし、データは世界中のだれにでも送れる――ホワイトハウスにも、タコ壺《つぼ》のコマンドウにも――手順も多数ある。今夜、ブリーフィング・ルームでやってみせよう」

機体のまわりに技術員がアリのように群がっていた。トンプソンはじきに、邪魔をしていると気づいた。「わたしはタンクに戻ります、パトリック」トンプソンはいった。「なにか必要なことがあれば、呼んでください」

その晩、午後九時になるまで、トンプソンはマクラナハンに会わなかった。タンクを見おろす展望デッキで、マスターズとマクラナハンが、ワイド画面の大きなノートパソコンの前に座っているのを、トンプソンは見つけた。画面はいくつものウィンドウに分割され、ほとんどは暗いままだったが、いくつかに動画が表示されていた。よく見ると、空中運搬体からの動画のようだったので、トンプソンは驚いた。「その動画はどこから送られているんですか？」トンプソンはきいた。

「ケリー22《ツー・ツー》。ザフークに向かっているリーパーだ」

トンプソンはノートパソコンを見て、データをやりとりするコネクターがなにも取り付けられていないことに気づいた――つながっているコードは、ＡＣアダプターのものだけだ。「どうやってデータ供給を受けているんですか？　われわれのデータストリームとはつながっていないんでしょう？」

「ルーザーのシステムを起動して、データリンクをスキャンしてるんだよ」マスターズがいった。「データリンクを探知したら、データ供給に接続するという仕組みだ」

「〝Ｗｉ‐Ｆｉホットスポット〟（公衆無線ＬＡＮ）みたいなやつですか？」

「そのとおり」

「ここでワイヤレス接続をやっているんですか？」

「ああ」

「どうやって？　トリプルＣではワイヤレス・ネットワークは禁じられているし、タンクは遮蔽《シールド》されているはずなのに」

マスターズがマクラナハンに目を向けた。マクラナハンがうなずいて、説明していいと伝えた。「シールドは、ある方向に向けて、物事を封鎖する」マスターズはいった。「逆の方向に向けると、シールドは物事を集めるのに使える」

「はあ？」

「複雑な手順で、つねに信頼できるとはかぎらないが、金属を使うシールドを、われわれはたいがい通過できる」マスターズはいった。「シールドの仕組みがアンテナの役目を果たすようにできることもある。アクティヴ電磁シールドは、通過するのが難しいが、きみたちはタンクの壁を金属にし、トリプルＣは強化コンクリートで物理的に距離を置くことで、遮蔽《しゃへい》している。すべてわれわれには好都合なんだ」

「どういう仕組みなのか、物理警備担当に説明してもらわないといけませんね」

「もちろん。改善するのに手を貸すよ」

「われわれのシステムにハッキングして、漏れをふさぐのに代金を取るわけですね、将軍？」トンプソンが、多少の皮肉をこめていった。「そんなやりかたで暮らしを立てるとはね」

「うちの息子の靴のサイズは、毎月のように変わるんでね、クリス」マクラナハンは、ウィンクしていった。

「負けましたよ」トンプソンはいった。「データリンクに簡単にはいり込まれているようだとわかって、いい心地はしなかった。「ほかには、だれに接続しているんですか？」

　マスターズがまたマクラナハンの顔を見て、マクラナハンがうなずいて承認した。

「ほとんどすべての作戦に」マスターズがいった。「指揮系統通信網《コマンド・チャンネル》のＶＨＦとＵＨＦの無線網とこのトリプルＣのインターコムをすべてチャンネル化し、ストライカー戦闘チームが築いた広域ネットワークにロック・オンし、戦術、旅団、戦域統制官のあいだのＩＭを受信している」

「ＩＭ？」

「インスタント・メッセージだ」マクラナハンはいった。「統制官が、おなじネットワークにいてもデータリンクでやりとりできない相手に攻撃目標の座標や画像分析を伝えるには、従来の単純なインスタント・メッセージを使うのが、もっと簡便なやりかただ」

「うちの娘が、コンピュータや携帯電話で友だちにメールを送るのとおなじなんですか?」

「そのとおり」マクラナハンはいった。マクラナハンがウィンドウを拡大すると、チャットのメッセージが流れるのが、トンプソンに見えた——戦闘統制官が目標地域を描写し、座標を送り、ジョークや野球の試合の批評まで流していた。「いちばん単純なルーチンが、もっともすぐれていることもある」

「たまげたな」IMのウィンドウが移動されると、その下にあったウィンドウが見えるようになり、トンプソンは肝をつぶした……マクラナハンの肩ごしに見ている自分の姿が映っていた。「ちょっと待った!」トンプソンは大声を出した。「監視カメラにまで侵入しているんですか?」

「やろうとしたわけじゃない——たまたまそうなったんだ」にやにや笑いながら、マスターズがいった。トンプソンはおもしろがっていなかった。「冗談じゃないんだ、クリス。われわれのシステムは、接続できる遠隔ネットワークをすべて探す。これも見つかったうちのひとつだ。これはただの監視カメラの画像だが、ほかにもセキュリティ関連のネットワークを見つけた。アクセスはしなかったが」

「どこにもアクセスしないでもらえるとありがたいんですがね、将軍」トンプソンは、いかめしくいった。マクラナハンがマスターズにうなずき、マスターズが指示を打ち込んだ。画像供給が途絶えた。「まずいですよ、将軍。このあとでセキュリティ問題が起きたら、漏洩《ろうえい》の原因はあなたがたの可能性が高いと考えざるをえません」

「わかっている」マクラナハンはいった。この施設のセキュリティ責任者であるトンプソンのほうを向いた。「しかし、ナフラ航空基地の何者かが、友軍機を銃撃したことからして、なんらかの漏洩がすでにあることは明らかだ。わたしたちは、この戦域全体のセキュリティを強化するために雇われたのだから、動画供給のようなものにアクセスするのは合法だといいたい」

トンプソンは、口もとをこわばらせ、心配そうにマクラナハンの顔を覗き込んだ。冷ややかな空気が流れ、トンプソンが口をひらいた。「大佐は、将軍が許可よりも容認を求めるような人間だといっていました」

「そういうやりかたのほうが、いい仕事ができるんだ、クリス」マクラナハンは、平然といった。だが、つぎの瞬間、立ちあがって、トンプソンと正面から向き合った。「悪かった、クリス。セキュリティ問題についてふまじめな態度をとるつもりはなかった。セキュリティはきみの仕事であり、責任範囲だ。こういうものにつぎに出くわしたら、かならず知らせる。アクセスする前には、きみの許可を得る」

マクラナハンがセキュリティ・システムに一度侵入できたということは、許可の有無にかかわらず、簡単にまた侵入できるはずだと、トンプソンは気づいた。「ありがとうございます。でも、正直なところ、信じられませんね」

「わたしは本気だ、クリス。遮断しろときみがいえば、遮断する……以上だ」

遮断しなかったらどうなるのか？　トンプソンは心のなかで自問した。受託業者の約束は、当てになるのか？　なにを根拠に判断すればよいかを、この場で探ろうと決意した。「反論するつもりはありません」トンプソンはいった。「しかし、あなたがたはこの戦域のセキュリティ強化を手伝うためにいるわけですから、仕事上必要だと思ったときには、また接続してかまいません。ただ、いつ接続するのか、接続する理由、判明したことは、わたしに教えてください」

「それで決まりだ。ありがとう」

「ほかにアクセスできたセキュリティ関連の領域は？」

「ジャッファール大佐の部内保全《インターナル・セキュリティ》ネットワークだ」

トンプソンの襟もとに冷や汗が浮かんだ。「部内保全？　大佐には部内保全幕僚はいませんよ。専属警護班のことですか？」

「そう思ってしまいがちだが、クリス、ぼくには影の統合幕僚《Jスタッフ》のように思える。作戦、情報、兵站《へいたん》、人事、訓練、そして保全《セキュリティ》」マスターズがいった。「すべてアラビア語でやっているし、わかっているかぎりでは、外国人はひとりもいない」

「つまり、ジャッファールは、連隊のすべての部課と指揮系統を自分の配下が牛耳《ぎゅうじ》るようにしている」マクラナハンが結論をいった。「きみたちのやっていることをすべて掌握し、そのうえで、連隊幕僚の機能と並行して、自分の側の統合幕僚を裏で動かしている」トンプソンのほうを向いて、さらにいった。「だから、もしトリプルCになにかが起きたら……」

「ジャッファールがただちに取って代わり、みずから作戦をつづけることができる」トンプソンはいった。「恐ろしいことだ」

「疑わしい動きなのか、それとも彼なりに用意周到なのか、なんともいえない」マスターズはいった。「地位協定によって、べつの指揮幕僚を用意するのは正当だといい張るかもしれない」

「それに」マクラナハンはつけくわえた。「きみたちはイラクでの軍事作戦を縮小して、イラク人にあとを任せようとしているわけだから、それにも役立つ。よからぬことが進められていると単純に考える理由は、どこにもない」

「わたしはセキュリティの分野では長いので、〝やばい〟メーターの針がぴくりと動きはじめたら、悪いことが起きるのだとわかります」トンプソンがいった。「ジャッファールのネットワークにまた接続して、ふつうではないことがあったら、知らせていただけますか？」

「また接続できるはずだ、クリス」マクラナハンはいった。「知らせるよ」

「われわれのセキュリティ・システムにハッキングしたのを批判しておいて、スパイしてくれと頼むのは、心苦しいですが」

「ぜんぜん平気だよ。これからしばらくいっしょに仕事をするわけだし、わたしは行動してから、あとで質問するほうだからね」

　しばらくして任務ブリーフィングがはじまった。米空軍にいたころにマクラナハンが行なった任務ブリーフィングとほとんど変わりがない。時刻規正、概観、気象、最新情報、関係する部隊の現況、部隊と部門による今後の行動の説明。参加者はそれぞれの作業ステーションに着席して、インターコム・システムで説明を行ない、パワーポイントやコンピュータ化されたスライドを、タンクの奥の画面や個々のディスプレイに表示していた。ジア・カッツォットが演壇からもっとも遠いコンソールに向かい、ひどく真剣な顔でメモをとっているのを、マクラナハンは見た。

「これがイラク軍の作戦の概要です」ケネス・ブルーノ〝戦闘少佐〟が説明をはじめた。「イラク陸軍第七旅団が、銃手《シューター》約三百人から成る重歩兵の墓《マクバラ》中隊一個をそっくりそのまま派遣します。ジャーファル・オスマン少佐が本部小隊とともに同行します。マクバラ中隊は、おそらく第七旅団で唯一の完全な歩兵部隊でしょう——あとは警備、治安維持、民政に従事しています――ですから、これは重大事です。

　われわれが偵察目標オウム《パロット》と呼んでいる攻撃目標《ターゲット》は、ザフークという小さな町の北にあると思われる隠蔽トンネル網です。触敵時刻《コンタクト・タイム》は、現地時間の〇三〇〇時。オスマンはイラク軍二個小隊を町の東と西に配置し、警戒網を敷きます。その間に、べつの二個小隊が車両で南からトンネル網に突入し、掃討します」

「北はどうする、ブルーノ？」ウィルヘルムがきいた。

「北へ逃げたものは、トルコが始末してくれると考えているのでしょう」

「そもそも、トルコはこれに関わっているのか？」

「いいえ、大佐」

「国境近くでイラク陸軍《IA》が活動することを、だれかがトルコ側に報せるのか？」

「それはイラク軍の仕事です」

「現場にこっちの人間がいるのに、そういうわけにはいかない」

「大佐、イラク中央政府の許可なく、われわれがイラク軍の作戦のことでトルコ側に接触するのは禁じられています」トンプソンがいった。「秘密漏洩と見なされます」

「そんなろくでもない取り決めはどうにかしないといかん」ウィルヘルムが、語気鋭くいった。「通信《コム》、師団を呼び出せ――師団長とじかに話をする。トンプソン、トルコに裏チャンネルのコネがあるようなら、電話して、今夜ザフーク付近でなにかが起きるかもしれないと、内緒で教えてやれ」

「やってみます、大佐」

「しっかりやれ」ウィルヘルムが、どなりつけた。「このあいだのことがあるから、トルコ側は神経質になってる。よし、ウォーハマーのほうはどうだ？」

「ウォーハマーの任務は、イラク軍の応援です」ブルーノが、説明をつづけた。「第三特殊作戦飛行隊が、ＭＱ‐９リーパー二機を発進させます。二機とも、赤外線センサー・ポッド、レーザー目標指示装置、六〇〇リットル入り増槽二本、ＡＧＭ‐114ヘルファイア・レーザー誘導ミサイル六基を搭載します。地上ではウォーハマーがＢ《ブラヴォー》中隊第二小隊を派遣し、イラク軍の後背を偵察します。マクバラ中隊の南、東、西に展開し、観測します。戦闘空間の状況を把握し、必要とあれば支援するのが、ストライカーの主な仕事です。戦闘空間全体に目を光らせるために、師団がグローバル・ホークを派遣します」

「作戦用語では〝観測〟だ、諸君」ウィルヘルムがさえぎった。「この作戦では、武器は使用しない。いいな？　銃撃されたら、遮蔽物に隠れ、識別し、報告し、命令を待て。たとえイラク軍がうしろを向いてわれわれを撃ったとしても、味方を撃ったと非難されたくはない。つづけろ」

「ここ、ナフラでは、ウォーハマーには第四航空連隊のアパッチ攻撃ヘリコプター二機が、燃料を搭載し、武装して、出動の準備をしています。ロケット弾とヘルファイアを搭載します」ブルーノがいった。「第七空軍海外遠征飛行隊のＢ‐１Ｂランサー爆撃機が、哨戒旋回軌道Ｆ《パトロール・オービット・フォックストロット》に配置されます。カッツォット中佐が、空中戦闘統制官をつとめます」

「グループセックスそこのけの大混乱だ」ウィルヘルムがうなるようにいった。「空軍野郎が爆音とともに突入して、イラク軍にＪＤＡＭ《ジェイダム》（統合直接攻撃弾薬。汎用の通常爆弾に取り付けて精密誘導を行なえるようにするキット、またはその爆弾）を投下するようなことは、ぜったいに避けなければならん――イラク軍が向きを変えて潰走《かいそう》したら、わがストライカー部隊が踏み潰されかねない」マクラナハンはジアの反応を見ようとしたが、ジアは顔を伏せたまま、メモをとりつづけていた。「わかった。セキュリティ、基地のＦＰＣＯＮはどんなあんばいだ、トンプソン？」

「現在はＢ《ブラヴォー》です、大佐」トンプソンが電話からインターコムに接続して答えた。「しかし、ゲートをあける一時間前に自動的にＤ《デルタ》になります」

「それではだめだ。いますぐデルタにしろ」

「ジャッファール大佐が、ＴＨＲＥＡＴＣＯＮレベルを変更する前に通知するよう求めています」

　トンプソンのステーションを見て、そこにいないのに気づいたウィルヘルムが、ロもとをひきつらせた。ウィルヘルムが副連隊長に向かっていった。「ジャッファールに、THREATCONをいますぐ引きあげることを推奨するというメッセージを送れ。そうしたら、承認されるのを待たないですぐにやれ、トンプソン」ウェザリーが、メッセージ送信に取りかかった。ウィルヘルムがタンクを見まわしているのに、一同が気づいた。「トンプソン、どこにいる?」

「上の展望デッキです。将軍をご案内してきたんです」トンプソンが答えた。

「さっさとおりてきて持ち場につけ。THREATCONデルタに切り換えて、受託業者どものお守りはだれかにやらせろ。おまえには持ち場にいてもらう必要がある」

「わかりました、大佐」

「将軍、あんたの飛行機と部下はどこだ?」タンクの上にあるガラス張りの展望デッキを睨みつけて、ウィルヘルムがいった。「しまい込んでおいたほうがいいぞ」

「機も技術員も格納庫だ」マクラナハンは答えた。ジアも見あげて目を向けていたのがうれしかった。「機には外部電源をつなぎ、完全に相互接続している」

「なにをいってるのかわからんが」ウィルヘルムが、上にいるマクラナハンを睨んでいい返した。「われわれが出動するとき、あんたとあんたの部下が邪魔にならないようにしておきたい」

「要望どおり、全員、格納庫にいる、大佐」

「要望じゃない、将軍。命令だ。ぜったいにやらせる」ウィルヘルムがいった。「おれがなにか指示しないかぎり、〇三〇〇時までじっとしていろ」

「わかった」

「情報《インテル》、現地で最大の不安はなんだ――われわれの同盟軍のイラク兵どもはべつとして。ベア？」

「われわれの区域で最大の脅威は依然として、略称ＩＳＩ――モスルに本拠を置くイスラミック・ステート・オヴ・イラクと称する集団です。指導者はヨルダン人のアブ・アル・アバーディーです」連隊が契約している民間情報会社のフランク・ベアが答えた。「ザフーク付近のトンネル網はアル・アバーディーの根城だとイラク側は見なしており、それでこういう大部隊を送り込もうとしています。しかし、アル・アバーディーがそこにいるという即動必須情報《アクショナブル・インテリジェンス》を、われわれはなんらつかんでおりません」

「イラク軍はかなりたしかな情報をつかんでいるにちがいない、ベア」ウィルヘルムが、不機嫌にいった。「どうしておまえらがつかんでいないんだ？」

「イラク側は、アル・アバーディーがそこにいて、生死にかかわらず捕らえたいといっています」ベアが答えた。「しかし、ザフークや付近の山野はクルド人が支配しています。ＩＳＩの勢力がもっとも強いのはモスルのような都市部だけですから、アル

‐アバーディーがその地域に〝根城〟を築くことが許されるとは、とうてい信じられません」

「しかし、現に築いているようだぞ、ベア」ウィルヘルムが、噛みついた。「おまえはもっと人脈を強化して、イラク側と交流し、情報面でわれわれがつねにカスをつかまされないようにしなければいかん。ほかには？」

「はい、大佐」ベアが落ち着かないそぶりで答えた。「連合軍部隊にとって、もうひとつの大きな脅威は、われわれの責任地域《AOR》で活動しているクルド人ゲリラとトルコの紛争です。クルド人ゲリラは、国境を越えてトルコのターゲットを襲撃しては、イラクに撤退するということをやっています。クルド人反乱分子は、われわれにとって直接の脅威ではありませんが、トルコがときどき行なっている、イラクに潜むＰＫＫに対する越境報復攻撃が、われわれの部隊にも何度か被害をあたえています。

　われわれのＡＯＲと隣接するトルコ‐イラク国境沿いに約五千人の兵力を展開していると、トルコはわれわれに通知してきました。こちらの観測と一致しています。トルコ国家憲兵《ジャンダルマ》は、十八時間前から数度の報復襲撃を行なっていますが、大規模なものはありませんでした——コマンドウ打撃部隊がこっそり復讐を果たしているという程度です。最新情報では、彼らが〝バーズ〟——〝鷹〟と呼んでいるイラクのクルド人指導者がいまして、たぶん女だと思われますが、それが、トルコ国内の軍事目標に大胆不敵な攻撃を行ない、ディヤルバキルでトルコの空中給油機を撃墜したとのことです」

「女？　このあたりの女がみにくいのは知っているが、おまけに乱暴だとは、まいったな」ウィルヘルムが笑いながらいった。「トルコ軍の部隊移動と対テロ作戦について、トルコ側から現況は伝わっているのか？」

「トルコの内務相と国防相は、自分たちの活動についてきちんと情報をよこしてくれます」ベアがいった。「空域で相互干渉が起きるのを排除するために、電話で連絡をとることもあります」

「トルコとはしっかりやっているようだな、ベア」ウィルヘルムがいった。民間情報会社幹部のベアが生唾を呑み、そそくさとブリーフィングを終えた。

　最後のブリーフィング担当の説明が終わると、ウィルヘルムは立ちあがって、ヘッドセットをはずし、戦闘幕僚たちのほうを向いた。「よし、おまえら、よく聞け」ぶっきらぼうに話をはじめた。幕僚と支援要員が、拝聴することを示すために、ヘッドセットをはずした。「これはイラク軍《IA》のショーだ。おれたちのショーじゃない。だから、ヒーローめいたことは無用だし、手落ちはぜったいに許されない。イラクにとっては大規模作戦かもしれないが、われわれにとっては日常業務だ。だから、とどこおりなく進め、規則どおりにやれ。目と耳をそばだてて、口は閉じろ。緊急の場合を除き、口頭での作戦報告は禁じる。おれがなにかを見たいといったときには、一ナノ秒以内におれのモニターに映るようにしろ。さもないとおまえらの朝飯を鼻から食わせる。注意を怠らず、IAに見せ場をあたえてやれ。仕事にかかれ」

「まぎれもなくオマール・ブラッドレーのタイプだな（第二次世界大戦中に北アフリカとヨーロッパで前線部隊を指揮し、ノルマンディー上陸作戦のときには米陸軍最高司令官だった。最後の陸軍元帥として知られている）」ジョン・マスターズが揶揄《やゆ》した。「陸軍軍人の鑑《かがみ》だ」

「師団でも軍団でも高く評価されているし、たぶんじきに准将の星をつけるだろう」マクラナハンはいった。「荒っぽいのは見せかけだろう。隊の規律を厳しくして仕事をやり遂げる男のようだ」

「ぼくたちも仕事をやらせてもらえるといいんですがね」

「われわれはやる。あいつといっしょでも、ああいうやつがいても」マクラナハンはいった。「よし、ジョナサン・コリン・マスターズ博士、この大騒動の全体図を創りあげて、わたしをあっといわせてくれ」

マスターズが、これから手術する脳をじっくりと眺める神経外科医のように両手をあげて、想像上のメスを受け取ってから、ノートパソコンのキイボードを叩きはじめた。「びっくりする覚悟をしてくれ。さあ、びっくりさせてやるぞ」

数時間後
イラク　ザフーク郊外　偵察目標オウム《パロット》付近

「グランド・セントラル駅か、アフガニスタンのトラボラ洞窟《どうくつ》みたいなものを予想していたのに、これはまるでホビットの家だな」ストライカー人員輸送車四両から成る小隊を率いるテッド・オークランド中尉が、文句をつけた。前方約一五〇〇メートルの目標地域を、銃手の照準器に表示される暗視赤外線画像システムの映像で、じっと観察した。ISIのトンネルの根城といわれているものの南入口は、重量二〇トンのストライカーでなんなく押しつぶせるような、ちっぽけな泥の小屋だった。地元民やイラク軍が〝要塞《ようさい》〟や〝城塞〟などと呼んでいると聞かされていたが、そういう情報とはまったく異なっていた。

オークランドは、上空の高度八〇〇〇フィートを飛行している大隊の武装無人機MQ‐9リーパーが提供する俯瞰《ふかん》の画像に切り換えた。小屋の周囲でのイラク軍の展開が、はっきりと映し出された。納屋のたぐいや家畜のための狭い囲い地や小屋が、そのあたりにかたまってあった。イラク陸軍の正規部隊八個小隊が、ゆっくりと付近を移動していた。

「トンネルのあたりはずいぶん静かですね」銃手がいった。

「悪党の大規模な根城にしては、たしかにひっそりしている」オークランドはいった。「しかし、イラク軍があんなにけたたましい音をたてて進んでいるから、付近の人間がすべて逃げ出しても不思議はない」

じっさいは、ストライカー偵察小隊の存在のほうが、イラク軍よりもずっと敵を警戒させたはずだ。小隊は、ストライカー装甲人員輸送車四両から成る。重量二〇トンの車両は八輪で、ターボ付きの三百五十馬力ディーゼル・エンジンを搭載《とうさい》している。車内から遠隔操作できる五〇口径機関銃と四〇ミリ自動擲弾銃という、軽度の武装だった。攻撃力よりも機動性を重んじているので、装甲も薄く、分隊支援火器の機関銃の射撃に耐えるのが精いっぱいだった。しかし、スラット装甲と呼ばれる格子状の装甲板に車体が護られていて、ロケット推進擲弾の爆発エネルギーの大部分をそらすことができる。それがあるせいで、重心が高そうに見える。

ストライカーは、不格好な外見のローテク装輪車だが、ネットワーク能力という正真正銘の二十一世紀の戦闘能力を戦場にもたらした。何キロメートルもの範囲におよぶ広域ワイヤレス・コンピュータ・ネットワークのノードを設置できるので、個々の車両に乗っているものも、アメリカ合衆国大統領も、ストライカーの位置と現況を追跡して、乗員の見ているものを見て、ターゲットについての情報を他者に伝達できる。それにより、どんな任務でも、これまでになかったようなレベルの状況把握が可能になった。

ストライカーは、車長、操縦手、銃手のほかに、降車班の六人——セクション・リーダー（セクションは二分の一小隊）、副リーダー、警備兵ふたり、斥候三人——を運べる。オークランドは、降車班を出して、前方を徒歩で調べさせた。警備チームが各車両の周辺防御を敷き、暗視ゴーグルで付近を見張り、セクション・リーダーと斥候数人が前進する予定のルートの前方を用心深く歩いて、仕掛け爆弾、隠れ場所、敵の気配がないかどうかを調べる。

ストライカー小隊は、イラク軍のうしろを行軍していたし、敵と接触することは予想されていなかったが、オークランドが降車班を出したのは、イラク軍兵士がしばしば考えられないようなことをやるからだった。〝迷子〟のイラク兵を見つけることがある——まちがった方向に向かい、たいがい敵からは遠ざかっている——あるいは部隊から遠く離れたところで、休憩したり、食事をしたり、お祈りをしたり、用を足したりしている兵もいる。本隊の後背にいて、イラク兵が正しい方角を目指すようにするのが、小隊の主な任務なのではないかと思うことがままあった。

だが、今夜のイラク軍はきちんと前進しているようだった。比較的大規模な作戦だし、マクバラ中隊が先頭を進み、作戦中にいつもアバーヤ（衣服の上にまとう薄手のマントのようなもの）の下に隠れているオスマン少佐が現場にいるので、オークランドはそう確信していた。「接敵《コンタクト》まで約十五分」オークランドは、秘話の小隊通信網でいった。「注意を怠るな」まだ発見された気配はなかった。比較的うまくいくのではないかと、オークランドは思った——あるいは、待ち伏せ攻撃にはまり込もうとしているのか。あと数分でそれがわかる。

同時刻
イラク　ナフラ連合軍航空基地　指揮統制センター

「すごいじゃないか、ジョン。ほんとうに感心した」パトリック・マクラナハンがいった。「この装置は、謳《うた》い文句どおりに働いている」
「あたりまえじゃないか」ジョン・マスターズが、得意げに応じた。肩をすくめ、つけくわえた。「じつはぼくもびっくりしているんだ。連隊のネットワーク化は、われわれのセンサーのネットワーク化よりもずっとハードルが高いのに、それがいたってあっさりとできた」

「まずいことかもしれない。連隊のネットワークは、そんなに簡単に接続できるべきではないだろう」マクラナハンはいった。

「われわれのネットワークは、連隊のものとまったく違って簡単にはハッキングできないよ」マスターズが、自信たっぷりにいった。「われわれの暗号化を破るには、サンドラ・ブロックが一万人は必要だ（映画『ザ・インターネット』で彼女が演じているコンピュータ・アナリストのこと）」ノートパソコンのひとつだけなにも映っていないウィンドウを指差した。「まだ接続されていない当事者《プレイヤー》は、師団のグローバル・ホークだけだ」

「それはわたしの手落ちかもしれない」マクラナハンは認めた。「デイヴに、監視は今夜に開始するといってあるし、デイヴがマーティンデイル元大統領にそう伝えたんだろう。マーティンデイルが軍団司令部に伝え、師団がグローバル・ホークの任務を変更したのかもしれない」

「あんたの手落ちじゃない――ウィルヘルムが悪いんだ」マスターズはいった。「ぼくたちの飛行をあいつが許可すれば、ぴたりと張りついて監視できるのに。まあ、そうでなくても、監視の目はいっぱいあるけど」

マクラナハンはうなずいたが、まだ不安な面持ちだった。「このトンネル網の北の部分が心配だ。ＩＳＩが逃げた場合、トルコ軍を誘導して捕らえさせるか、リーパーで狙い撃ちするために、見張っていなければならない」マスターズのノートパソコンのウィンドウを自分のノートパソコンに表示し、しばしじっと眺めてから、キイボードでコマンドを打ち込み、口をひらいた。「ミス・ハリソン？」

「ハリソンです。どなた？」

「マクラナハン将軍だ」

無人機の操縦を受託している女性が、困惑して周囲を見まわすのが、マクラナハンのところから見えた。「どこにいるんですか、将軍？」

「上の展望デッキだ」

ハリソンが上を見あげ、斜めになった大きなガラスを通して、マクラナハンの姿を認めた。「ああ、はい、将軍。このネットに接続しているとは知りませんでした」

「公式には接続していないが、クリスがかまわないといった。頼みたいことがある」

「なんでしょうか？」

「ケリー22を作戦の南部に配置し、ケリー26を予備として準備しているね。22を北に移動して、トンネルの北の出入口を見張り、南を26に見張らせることはできるかな？」

「理由は、将軍？」

「グローバル・ホークが位置についていないので、北を監視するものがなにもないんだ」

「そうすると、トルコ国境がミサイルの最大射程内に収まるようにリーパーを飛ばすことになるので、軍団とおそらく国務省の承認が必要になるでしょう。リーパーの爆装をおろして飛ばすこともできます」

「そのころには、これはとっくに終わっているだろうね、中尉」

「たしかにそうですね」

「そこに監視の目があれば、もうすこし安心できるんだ」マクラナハンはいった。「わたしが軍団と調整するまで、22を限界ぎりぎりまで移動することはできないかな?」

「26が発進できるように、空域での相互干渉を排除しなければなりません」ハリソンがいった。「スタンバイ（「こちらからの送信があるまで待て」を意味する）」マクラナハンは、ナフラ航空基地の進入レーダー画像に切り換えた。北での作戦に備えて空域に飛行禁止が敷かれているためだろうが、航空交通がだいぶまばらなのを見てとった。つぎの瞬間、ハリソンがいった。「空域管制が、準備できしだい発進してよいといっています。〝戦闘少佐〟の許可を得ます」

「わたしが考えたことだから、中尉、わたしが少佐に電話して、考えを伝えるよ」マクラナハンはいった。

「将軍はこのネットに接続してはいけないことになっていますよ」ハリソンが、マクラナハンのほうをちらりと見あげて、くすくす笑った。「もしかまわなければ、将軍の思いつきをもらって、わたしの手柄にしますよ」

「SNAFU《スナフ》（「処置なし」の事態）になったら、わたしが責任を取るよ、中尉」

「だいじょうぶです、将軍、スタンバイ」ハリソンが接続を切ったが、無人機発進についてハリソンが作戦幕僚ブルーノ少佐と副連隊長ウェザリー中佐と話し合っているのを、マクラナハンは盗み聞きすることができた。国際合意に反しないのであれば、リーパーを飛ばすのは名案だと、全員が同意し、ただちにケリー２６を空にあげて、２２が北に移動し、トルコ国境に近い哨戒旋回軌道についた。

「リーパーを北に移動するというのが、だれの思いつきにせよ……いいぞ《フーア》」タンク通信網で、ウィルヘルムがいった。

「ハリソンの考えです」ウェザリーがいった。

「申し分のない褒め言葉の〝フーア〟を、受託業者《コントラクター》ふぜいに無駄遣いしちまったのか？」自分が嫌になったというふりをして、ウィルヘルムがいった。「まあいい、たまには傭兵に御褒美の骨を投げてやらなければならん。よく気づいたな、ハリソン」

「ありがとう、大佐」

「あれで褒めているつもりか？」マスターズはいった。「ひでえ野郎だな」

リーパーがトルコ国境に近い哨戒旋回軌道を飛ぶようになると、作戦の全体像の把握が大幅に改善された。だが、まだだいぶ南に離れているので、完全な画像は得られない。「名案でしたね」ハリソンが、マクラナハンにいった。「でも、交戦規則《ROE》による制約で、トンネルの出口はまだ見られません。グローバル・ホークを確認してみます」

「ルーザーがあれば、どこもかしこも監視できるのに」マスターズがいった。「ぼくたちの働きを早く見せてやりたいよ」

「その名称だけは、変えたほうがいい、ジョン」

「変えるよ――でも、その前に空軍にいいところを見せてやりたい」マスターズが、うれしそうにいった。「待ち遠しくてたまらない」

その直後
偵察目標パロット

「はじまりますよ、中尉」オークランド中尉のストライカーの銃手が、赤外線画像照準器が捉えているトンネルの入口の画像を車内でじっと見ながらいった。明るい閃光《せんこう》が画面から何度かほとばしり、数秒後に爆発音が大気をふるわせた。「先頭の小隊数個が行動を開始したようです」

オークランドは、時計を見た。「時間もぴったりだ。たいしたものだな。われわれがこの規模の作戦を時間どおりにやろうとしたら、かなりたいへんだぞ」自分のモニターのスイッチを動かして、付近に展開しているストライカー各車の周囲を確認してから、マイクのスイッチを押して、小隊全体に連絡した。「武器の使用を控え、用心を怠るな。イラク軍《IA》が進撃を開始した」各セクション・リーダーがマイクのスイッチを動かし、カチカチという音で受領通知を返した。

全車が点呼に応えると、オークランドはナフラの帷幕会議室《タンク》にインスタント・メッセージを送り、友軍が進撃を開始したことを報告した。つかのまマクバラ中隊のコマンド・チャンネルに合わせると、まったく聞きとれない逆上した耳障りな交信が耳に届いた。興奮してアラビア語でわめき散らしている。オークランドは、すぐさまそのチャンネルを切った。「無線規律を守ってくれよ」オークランドは、声を殺してつぶやいた。

「連中が突入します」ストライカーの銃手がいった。イラク兵八人から成る一個分隊が建物に近づくのを、オークランドと銃手は見守った。ふたりが擲弾発射機を使ってドアを破壊したが、近づきすぎていたせいで、木と石の破片を浴びた。

「おいおい、突入チームはどこだ?」オークランドはひとりごとをいった。「ドアを爆破するやつには迅速な突入ができないのは、わかっているはずだろう。一個分隊がドアを吹っ飛ばし、光と衝撃を浴びないようにしていたもう一個の分隊が突入する。うちの七歳の息子だって知ってる」だが、ほどなく分隊長の軍曹が突入チームをまとめ直して、ドア破壊チームをどかした。ほんの一瞬ぎくしゃくしたが、作戦はふたたび進みはじめたように見えた。

タンクでは、マクラナハンとマスターズが、ストライカーと無人機からの画像を通じて、戦闘を見守っていた……ただ、マクラナハンはトンネルの入口があるとされている場所への強襲ではなく、ずっと北のイラク‐トルコ国境に目を光らせていた。MQ‐9リーパーの赤外線画像スキャナーが送ってくる映像には、高い岩山や鬱蒼《うっそう》とした森林に覆われた谷間があちこちにある、起伏の多い低山地帯が映っていた。

「申しわけありませんが、この角度からの画像では、コントラストが弱く、細かい部分までは見えません」連隊のリーパー連絡担当のマーガレット・ハリソンが、インターコムでマクラナハンに伝えた。「リーパーは急角度で見おろすようにできているので、地平線方向を見るのは苦手です」

「了解した」マクラナハンは応答した。「あと数秒でいい」キイボードのべつのキイに触れてからいった。「ミスター・ベア？」

「ベアです」民間情報会社のフランク・ベアが応答した。

「マクラナハンだ」

「調子はどうですか、将軍？　ネットに接続するのを許可されたんですか？」

「かまわないと、ミスター・トンプソンがいった。ひとつ質問がある」

「わたしは将軍の保全許可について知らないのですが」ベアがいった。「でも、〝機密〟レベルの許可がなかったら、ブリーフィングには出席しませんよね。ただ、作戦の秘密保全を台無しにするような質問には、お答えできませんよ」

「わかっている。連隊の責任地域に隣接した地域に、トルコ軍が兵員五千人を配置しているると、きみは説明したな？」

「はい。二個機械化歩兵旅団に相当し、シュルナク県とハッキャリ県に一個ずつ配置されています。それにくわえ、国家憲兵《ジャンダルマ》三個大隊が展開しています」

「ずいぶん大きな兵力じゃないか？」

「最近の一連の事件を考えれば、そうでもありません」ベアがいった。「この二年ほど、トルコは米軍とイラク軍のレベルとだいたい同等の兵力を配置しています。ジャンダルマは従来、トルコ南東部では、ＰＫＫの活動の程度に応じて、もっと大規模な兵力を維持してきました。問題は、ジャンダルマ部隊の動きについて、われわれが常時、最新情報を得られるとはかぎらないことです」

「その理由は？」

「トルコ内務省は、きわめて口が硬いんです——内務省は国防省とはちがって、情報を共有することについてＮＡＴＯ条約で義務づけられていません」

「しかし、その地域の機械化歩兵の動きは、比較的新しい進展なんだね？」

「ええ」

「興味深い。だが、わたしがききたいのは、ミスター・ベア、たったいま、どこにいるかということだ」

「どこにいるかって、だれのことですか？」

「そのトルコ軍部隊すべてだ。機械化歩兵旅団の行動を秘匿するのは、かなり難しいはずだ」

「それは、たぶん……」その質問にベアは明らかに意表を衝かれていた。「たぶん……どこにいてもおかしくはないでしょう、将軍。わたしの憶測では、県都の駐屯地にいるはずです。ジャンダルマのほうは、この地形ですから、わたしたちの監視を容易に避けられます」

「ケリー22が数分前から国境付近を見ているが、車両がいる気配はまったくない」マクラナハンはいった。「それに、わたしの地図では、22はシュルナク県のウルデレの町を見ている。そうだね？」

「スタンバイ」リーパーの赤外線センサーの遠隔操作データ表示を確認したベアが、

すぐに答えた。「そうです。将軍、そのとおりです」

「町を見ているのに、明かりも生活の気配を示すものも見えない。わたしはなにかを見落としているのだろうか？」

短い間があり、ベアがいった。「将軍、どうしてトルコ軍のことをきくんですか？　この作戦にトルコ軍は関係していないのに」

たしかにそうだと、マクラナハンは心のなかでつぶやいた。自分がトルコに目を向ける理由はなにか？「ちょっと興味がわいただけだ」ようやくそう答えた。「仕事に戻ってくれ。邪魔して悪かった――」

「ハリソン、22はなにを見てるんだ？」ウィルヘルムがインターコムできいた。

「見ている方角が、二〇キロ以上ずれてるぞ。地上監視計画を確認しろ」

割り込まなければならないと、マクラナハンは悟った。国境を越えてトルコ側を見ているのは、ハリソンが考えたことではない。「国境の向こうが見たかっただけだ、大佐」

「だれだ？」

「マクラナハン」

「おれの通信網でなにをしている、将軍？」ウィルヘルムが、怒声を発した。「観測と聞くことしか許可していないぞ。話をするのは許可していない。まして、おれのセンサー操作員に指示することなど承認していない」

「すまなかったが、大佐、どうも妙な感じがするので、たしかめなければならなかった」

「許可よりも容認を求めるという、例の手口だな、将軍」ウィルヘルムが冷笑した。

「あんたの評判は聞いている。あんたの〝妙な感じ〟など知ったことか、マクラナハン。ハリソン、リーパーを移動し……」

「わたしがなにを見ようとしていたかも、きこうとしないのか、大佐？」

「きかないね。現時点でおれの興味をそそるようなものが、トルコ側にはないからだ、将軍。忘れているといけないから念のためにいっておくが、おれは偵察小隊を配置し、トルコではなくイラク領内の地上で活動させているんだよ、将軍。しかし、そういうのなら、いったい――」

「ロケット弾発射！」だれかが叫び、やりとりがさえぎられた。ケリー22が送ってくる画像を表示しているモニターで、数十本の輝く条が夜空に弧を描いていた――国境のトルコ側から飛来している！

「あれはなんだ？」ウィルヘルムが語気鋭くいった。「いったいどこから発射された？」

「トルコ側の複数の陣地からのロケット弾一斉射撃だ！」マクラナハンは叫んだ。

「現場の部下を撤退させろ、大佐！」

「黙れ、マクラナハン！」ウィルヘルムがどなった。だが、恐怖におののいて席から立ちあがり、心臓がいくつか打つあいだ画像を見てから、連隊通信網のボタンを押して叫んだ。「全ウォーハマー要員、全ウォーハマー関係者、こちらはウォーハマー、北からロケット弾が襲来する。方向転換し、ただちにパロットから離れろ！」

「くりかえせ」偵察セクションのひとりが応答した。「くりかえせ、ウォーハマー」

「くりかえす、全ウォーハマー要員、こちらウォーハマー、二十秒で方向転換し、偵察目標パロットから遠ざかり、五秒で遮蔽物に隠れろ！」ウィルヘルムはどなった。「北からロケット弾襲来！　急げ！　急げ！」タンクのインターコムでも叫んだ。「だれかトルコ陸軍と連絡をとって、射撃を中止しろと伝えろ。現地にこっちの部隊がいるといえ！　医療後送《MEDEVAC》ヘリを発進させ、ただちに応援を派遣しろ！」

「B-1に国境を越えさせ、ロケット弾発射地点へ派遣しろ、大佐！」マクラナハンはいった。「ほかにも発射機があるようなら、それを――」

「黙れといったんだ。おれの通信網に割り込むな、マクラナハン！」ウィルヘルムが、怒声を発した。

　ストライカー偵察パトロールはすばやく移動したが、襲来するロケット弾を避けるのには間に合わなかった。ロケット弾が四五キロメートル飛んで、ザフークのトンネル網に数千発の高性能爆薬対人／対車両地雷を撒《ま》き散らすのにかかった時間は、わずか十秒だった。地雷の一部は数メートル頭上で爆発し、白熱したタングステンの弾子が降り注いだ。その他の地雷は地面、建物、車両との接触で起爆し、高性能爆薬が充填《じゅうてん》された破片性弾頭が炸裂した。さらに、地表に落ちたあとで、揺さぶられたり、一定の時間が過ぎたりした場合に自動的に爆発する地雷もあった。

短い間を置いて、二度目の一斉射撃があった。最初のターゲットの数百メートル西、東、南に照準が変更されていた。最初の攻撃から逃げた可能性があるターゲットを狙ったものだった。撤退していた米軍偵察小隊の大多数が、これに捕らえられた。地雷がストライカーの上面の薄い装甲を貫き、大きな穴があいたところに、つぎの高性能爆薬弾頭が落下した。車内で無残に殺されなかった降車班の多くは、必死で走って逃げるあいだに、頭上や足もとで爆発する子爆発体によって損耗した。

三十秒で攻撃は終わった。幕僚と支援要員は唖然として、上空のリーパーとプレデターが送ってくる生映像に目を奪われ、恐怖におののきながら一部始終を見守った。

その直後
ワシントンDC　ホワイトハウス

ジョーゼフ・ガードナー大統領が、大統領執務室《オーバル・オフィス》のとなりの書斎でコンピュータからログオフし、一日の仕事を終えて居室へ行くつもりでジャケットに手をのばしたとき、電話が鳴った。長年の友人で元海軍次官補のコンラッド・カーライル国家安全保障問題担当大統領補佐官からだった。ガードナーは、スピーカーホンのボタンを押した。「きょうは終わりにするところだったんだ、コンラッド。あしたにできないのか？」

「そうできればいいんですが、大統領」秘話携帯電話で、カーライルがいった。おそらく車からかけているのだろう。非常事態でないかぎり、友人のカーライルは一対一で敬語は使わない。だから、そのことがすぐさまガードナーの注意を喚起した。「いまそちらに向かっているところです。トルコ軍がイラクに越境攻撃を行なったという報告がありました」

ガードナーの動悸《どうき》が、いくらか落ち着いた。トルコや、ましてイラクは、いまのガードナーにとって戦略的な脅威ではない――イラクでの事件が眠れない長い夜の原因になることは、もはやめったにない。「アメリカ人が巻き込まれたのか？」

「多数が」

　また脈が速くなった。いったいなにが起きた？　「くそ」居室で飲もうと思っていたラムのオン・ザ・ロックの味わいが脳裏をよぎった。「戦況表示室《シチュエーション・ルーム》の準備はまだなんだな？」

「まだです」

「情報はどれくらいわかっている？」

「ほとんどわかっていません」

　事態が加速するまえに、一杯飲んでおいたほうがいい。「オーバル・オフィスにいる。迎えにきてくれ」

「かしこまりました」

　ガードナーは、古い海軍のマグカップに冷蔵庫の氷をいくつか入れて、〈ロン・カネカ〉のラムを注ぎ、オーバル・オフィスに持っていった。どこかで危機がくすぶりはじめている。世界中の傍観者たちに、アメリカ合衆国大統領の働いている姿を窓ごしに見せることが重要だった――だが、だからといって楽しみを自制する必要はない。

　オーバル・オフィスのテレビをつけてＣＮＮに合わせたが、トルコでの事件のことはまだなにも報じられていなかった。書斎にいてシチュエーション・ルームからのデータを受け取ることも可能だが、非常事態が世界ネットのテレビで報じられ、それをすでに見ている自分の姿を見せつけるまでは、オーバル・オフィスを離れたくなかった。

すべてイメージを重視してのことだ。ジョー・ガードナーは、入念に創りあげた自分なりのイメージを見せる名人だった。ベッドにはいる直前まで、ワイシャツにネクタイを締め、ジャケットを着ていないときには、シャツの袖《そで》をまくって、ネクタイをすこしゆるめ、仕事に打ち込んでいるように見せかける。スピーカーホンをよく使うのだが、だれかに見られているときには、忙しく話をしていると見られるように、受話器を使う。薄手の陶器のカップは使わず、どんな飲み物にも海軍のどっしりした厚手のマグカップを使う。そのほうが男らしく見えるからだ。

かつて、テレビに出演していたときのジャッキー・グリーソン（コメディアンで俳優。一九五〇年代に自分の名を冠したTV番組を持っていた）は、ティーカップに酒を注いでいたのだが、コーヒーを飲んでいるとだれもが思っていた。そういう効果もある。

ウォルター・コーダス大統領首席補佐官が、オーバル・オフィスのドアをノックし、入室を禁じられる気配がないことをたしかめるために数秒置いてから、はいってきた。

「コンラッドから電話がありました、ジョー」コーダスがいった。ジーンズ、スウェットシャツ、〈トップサイダー〉のスニーカーといういでたちだった。コーダスもガードナーの長年の友人で同盟者だった。いつでも瞬時に呼び出せるし、妻と何人もの子供がいる自宅には帰らず、ホワイトハウス西館のどこかに潜んでいる。キャビネットに隠された薄型テレビに、コーダスは目を向けた。「まだなにもないですか？」

「ない」ガードナーは、マグカップを持ちあげた。「一杯やってくれ。わたしはもうはじめている」コーダスが素直にラムをマグカップに注いだが、いつもどおりまったく口をつけなかった。

ブリーフィング用のフォルダーを持ったカーライルが、すたすたとオーバル・オフィスにはいってきたときにようやく、CNNがほんのすこし伝えたが、画面の下のテロップで、〝イラク北部で〝銃撃事件〟があったと報じられただけだった。「味方への誤射事件のようです。イラク陸軍中隊が、トンネルの入口でISIの拠点とおぼしい勢力を掃討しようとしていたとき、それを支援していた米軍小隊が、トルコ軍の中距離非誘導ロケット弾を被弾しました」

「くそ」ガードナーはつぶやいた。「ステイシー・アンを呼んでくれ」

「こっちへ向かっています。ミラーも」奔放で野心的なステイシー・アン・バーバーは、ルイジアナ州選出の元上院議員で、先ごろ国務長官に任命され、議会の承認を得た。ミラー・ターナーはやはりガードナーの長年の友人で腹心の部下であり、国防長官をつとめている。

「死傷者は？」

「十一人が死亡、十六人が負傷、うち十人が重傷です」

「ひどいな」

それから十分のあいだに、閣僚や補佐官たちが、オーバル・オフィスにつぎつぎとやってきた。最後に到着したのがバーブーで、夜更けの街に繰り出す支度をしていたような見かけだった。「わたくしのスタッフが、トルコ大使館とトルコ外務省に連絡しました」コーヒーのトレイにまっすぐに向かいながら、バーブーはいった。「まもなくどちらからも折り返し電話があるはずです」

「死者が十三人になり、なおも増えると予想されます」陸軍軍団長からの電話を聞いていたターナーがいった。「小隊そのものがターゲットになっていたとは考えられないとのことですが、イラク軍とトルコ軍はおなじターゲットを狙っていたようです」

「それで、われわれの部隊がイラク軍を後方から支援していたのだとしたら、どうして被弾したのだ?」

「仮分析を行なっている受託業者《コントラクター》が、ロケット弾の第二波は、ターゲット地域から逃れようとする生存者を狙ったものだったといっています」

「コントラクター?」

「ご存じのように」カーライル国家安全保障問題担当大統領補佐官がいった。「われわれは正規軍を受託業者《コントラクター》に置き換えることで、イラクとアフガニスタン、あるいは他の戦域で、駐留軍を大幅に減員することができました。直接行動をともなわない軍の機能——セキュリティ、偵察、整備、通信、その他もろもろ——は、ほとんどが近ごろでは民間の業者がやっています」

ガードナー大統領はうなずき、べつの細かい問題に移った。「死傷者の家族に電話したいので、リストがほしい」

「かしこまりました」

「その受託業者《コントラクター》に負傷者は出たのか？」

「いいえ」

「だろうな」ガードナーはぼんやりといった。

大統領のデスクの電話が鳴り、コーダス首席補佐官が出て、ちょっと聞いてから、バーブーに受話器を差し出した。「トルコのアカス首相本人からです、ステイシー、国務省から転送されてきました」

「いい兆候ね」バーブーがいった。大統領のコンピュータの翻訳機能を起動した。

「おはようございます、首相。こちらはバーブー国務長官です」

それと同時に、べつの電話が鳴った。「ヒルシズ・トルコ大統領からです、大統領」

「きちんとした説明をしてもらおう」そういいながら、ガードナーは受話器を受け取った。「大統領、こちらはジョーゼフ・ガードナーです」

「ガードナー大統領、こんばんは」クルザト・ヒルシズ大統領が、かなり上手な英語でいった。不安で声がかなりふるえている。「お邪魔して申しわけありませんが、イラク国境付近で起きた恐ろしい悲劇的事件のことをたったいま知らされ、トルコの全国民になり代わり、ただちに電話して、この嘆かわしい事件によって命を落としたかたがたの遺族に悲しみと悔恨と弔意を示したいと思ったしだいであります」

「感謝します、大統領」ガードナーはいった。「いったいなにが起きたのですか？」

「われわれの国内治安部隊が、いいわけの立たない過ちを犯しました」ヒルシズがいった。「クルド人のPKK反乱分子とテロリストが、イラクのトンネル網に集結し、トルコの空港や軍事飛行場に対し、先日のディヤルバキルへの攻撃よりもさらに大規模な攻撃をもくろんでいるという情報を、治安部隊が得たのです。きわめて信頼できる情報源からの情報でした。

イラクの国境地帯の広い範囲にわたって縦横に張りめぐらされたトンネル網に、PKK戦闘員が数百人結集しつつあると、情報提供者たちが伝えてきました。危険地帯でそれだけの大部隊を殲滅《せんめつ》できるような兵力を動員する時間はないという判断がなされ、ロケット弾の一斉射撃を行なうことが決断されました。わたしがみずから攻撃命令を下しましたから、わたしの手落ちであり、わたしに責任があります」

「大統領、どうしてまずわれわれに知らせなかったのですか？」ガードナーはきいた。

「われわれは同盟国、友好国なのですよ。国境地帯の安全を確保し、ＰＫＫも含めた反乱分子を追い詰めるために、われわれの部隊が日夜その地域で作戦を行なっているのは、ご存じでしょう。電話を一本かけて注意してくれれば、われわれはテロリストに気づかれないように部隊を撤退することができたはずです」

「はい、はい、それはわかっています、大統領」ヒルシズがいった。「しかし、テロリストはほどなく移動をはじめるので、急いで行動しなければならないと、情報源が告げたのです。時間がなかった――」

「時間がなかった？　支援のみを行なっていた米兵十三人が死んだんだ、大統領。それに、イラク軍の死傷者はまだ数もわかっていない！　なんとか時間をつくるべきだった！」

「はい、はい、おっしゃるとおりです、大統領。たいへんな手抜かりだったし、心から悔んでいます。そのことについては、謝罪します」ヒルシズがいった。今度は明らかにとげのある口調になっていた。すこし間があった。「しかし、ひとつ申しあげたい。われわれはアメリカ政府からもイラク政府からも、イラク軍の作戦について知らされていなかった。通知があれば、事件は避けられたはずです」

「罪のなすり合いはやめよう、大統領」ガードナーはぴしりといった。「アメリカ人が十三人、あなたがたのロケット弾一斉射撃で死んだ。ターゲットはイラク領内だった。トルコの領土ではない！　そのことに弁解の余地はない」

「おっしゃるとおりですな」ヒルシズが、冷たく応じた。「わたしはそれに反論しないし、いわれのない非難もしません。しかし、トンネル網はイラク・トルコ国境をくぐっており、テロリストがイラク側に集結していた。それに、反乱分子がイラクとイランで生活し、陰謀を企み、武器と補給品を集積していることを、われわれは知っている。国境のどちら側であろうと、合法的なターゲットだった。イラクのクルド人がＰＫＫをかくまい、支援していることをわれわれは知っているし、イラク政府にそれを阻止する力はない。イラクが行動しないので、われわれが行動するしかない」

「ヒルシズ大統領、イラク政府がＰＫＫに対処しているか否かという問題で、あなたと議論するつもりはない」ガードナーは、いらだたしげにいった。「一部始終を疎漏なく完全に説明してもらいたい。それから、二度とこのようなことが起きないように全力を尽くすという誓約を要求する。われわれは同盟国なんだよ、大統領。こういう惨事は回避できるはずだし、回避しなければならない。あなたがたが同盟国として、またイラクの友好的な隣国として、責務を果たして、もっと連絡を密にしていれば、こんなことは……」

「ちょっと待って《ビル・サニィエ》！　失礼だが、大統領」ヒルシズがいった。長い間があって、電話の向こうでだれかが〝シク〟というのがガードナーの耳に届いた。コンピュータの通訳機能が〝亀頭《きとう》〟という意味だと告げた。「申しわけありませんが、大統領、いまも説明したように、われわれは、トルコの大都市でなんの罪もない男女や子供を二十人以上殺したPKKのテロリストを攻撃したと考えていました。ザフークの事件は、恐ろしい手ちがいでした。わたしにいっさいの責任がありますし、遺族とアメリカ国民のみなさんに心よりお詫《わ》びを申しあげます。しかし、われわれの政府になんらかの要求をする権利を、あなたがたにあたえることにはなりません」

「汚い言葉を使う必要はない、ヒルシズ大統領」ガードナーはいった。とまどいと怒りのせいで、額の血管が浮きあがっていた。ヒルシズが非難されている事実を否定したり、反論したりしないことに、ガードナーは気づいた。つまり、ヒルシズは、こちらが事実を知っているのを承知のうえで、話をしている。「この攻撃について、われわれは全面的な調査を行なう。あなたがたの最大限の協力を期待する。このような攻撃が二度と起きないように、われわれとNATOの同盟国と今後はもっと密接に連絡をとると、徹頭徹尾、約束してもらいたい」

「あなたがたの兵士やイラク軍に対する攻撃ではなく、PKK反乱分子とテロリストに対する攻撃だったのです」ヒルシズがいった。「どうか言葉を慎重に選んでください、大統領。事故だったのです。トルコ共和国の国土を防衛するなかで起きた、悲劇的な手ちがいでした。わたしはこのおそろしい事故の責任をとります。攻撃の責任ではなく」

「わかった、大統領。いいでしょう」ガードナーはいった。「科学捜査班や軍や警察の捜査官が到着したら、あらためて連絡します。おやすみなさい、大統領」

「おやすみなさい《イイ・アクシャミラル》、大統領」

ガードナーは、受話器を叩きつけるように置いた。「ちくしょう。自分たちの兵士が十三人殺されたとでもいうような口ぶりだ！　ステイシー？」

「大統領のお話がすこし耳にはいりました」バーブーがいった。「首相はかなり申しわけなさそうで、極端に丁重でした。心からそう思っているのだと感じられましたが、明らかに事故だと判断しているようです。責任は両方にあるというわけでしょうね」

「そうか？　仮にこれが米軍のロケット弾一斉発射で、トルコ兵が死んだとしたら、われわれはトルコどころか全世界の国によって十字架にかけられるだろう——全責任を負わされ、そのほかの罪までかぶせられる」ガードナーはいった。椅子《いす》に背中をあずけ、腹立たしげに顔を手でこすった。「よし、いいだろう、トルコのことはひとまず措《お》くとしよう。だれかがドジを踏んだ。それがだれなのか知りたい。だれかに責任をとらせる——トルコ人だろうと、イラク人だろうと、ＰＫＫだろうと、アメリカ人だろうと」国防長官のほうを向いた。「ミラー、調査を指揮する人間を指名したい。これは公にしたい——公然と、荒々しく、厳しく、直截《ちょくせつ》にやる。わたしの就任後、イラクで最大の死傷者が出たのだ。それに、この政権がイラクで泥沼にはまってはならない」かすかに目で合図したステイシー・バーブー国務長官のほうを、ガードナーはちらりと見た。すぐに意味を察して、ケネス・T・フィニックス副大統領のほうを向いた。「ケン、どうかな？　きみにはたしかな経験があるだろう」

「おっしゃるとおりです」フィニックスがためらわずに答えた。フィニックスはまだ四十六歳で、これほど身を粉にして働かなかったら、アメリカで最速の出世を遂げた政界のスターとして頂点をきわめていたかもしれない。カリフォルニア大学ロサンゼルス校で法学を修め、米海兵隊で法務課長を四年つとめ、コロンビア特別区連邦検事事務所に四年勤務し、司法省のさまざまな部局を経て、司法長官に任命された。

恐怖のアメリカン・ホロコースト後の歳月、フィニックスはたゆまず精勤して、アメリカの大衆と国際社会に、アメリカ合衆国がけっして戒厳令を敷くような状態に陥らないことを確約した。法を破るものには容赦がなく、ロシアの奇襲攻撃の犠牲者を餌食《えじき》にするものは、だれであろうと、政治的人脈や富に関わりなく訴追した。議会やホワイトハウスに対してもきわめて厳しく、政府が国家を再建し、国境の守りを固めようとしたときには、個人の人権がないがしろにされないように気を配った。

フィニックスはアメリカ国民にたいへん人気があるので、もうひとりの人気が高い人物――当時は国防長官だったジョーゼフ・ガードナー――の対抗馬として、アメリカ合衆国大統領候補に指名されるのではないかという噂があった。ガードナーはマーティンデイル政権への不満から、所属政党を変え、そのために勝つ見込みが弱まっていた。だが、政治の天才のひらめきで、ガードナーは所属する政党が異なるにもかかわらず、副大統領候補にならないかとフィニックスに持ちかけた。その戦略が功を奏した。有権者はガードナーの行動を連帯と知恵の力強いしるしと見なし、ガードナーは地滑り的な勝利を収めた。

「副大統領をイラクやトルコに派遣するのは、賢明な考えだと思いますか、大統領?」コーダス首席補佐官が、疑問を投げかけた。「現地はまだかなり危険です」

「イラクのセキュリティ状況はずっと見ているし、わたしにはけっこう安全に思える」フィニックスがいった。

「ウォルターのいうことはもっともだ、ケン」ガードナーがいった。「わたしはきみの能力と経験のことばかり考えていた。安全面は考えなかった。すまない」

「あやまることはありませんよ、大統領」フィニックスがいった。「わたしがやります。今回の攻撃をわれわれが重大視していることを示すのが重要です――トルコだけではなく、中東の関係国に対しても」

「さあ、どうかな……」

「用心しますよ、大統領。ご心配なく」フィニックスはいった。「国防総省、司法省、国家情報長官室から集めて、今夜中にチームを編成します」

「今夜中?」ガードナーがうなずき、にっこりと笑った。「きみを選んだのは正解だったな。よし、ケン、ありがとう。取りかかってくれ。バグダッドとアンカラから取り付ける必要がある承認は、ステイシーがすべて手配する。調査のために行かなければならないほかの国についても同様だ。上院の議決で票が同数で、きみに戻ってもらう必要があるときには、ブラック・スタリオン宇宙機を迎えにいかせてもいい(副大統領は上院議長を兼ねていて、賛否が同数だったときには最後の一票を投じる役目を担っている)」

「一度乗りたいと思っていました。迎えによこしてくれれば、乗りますよ」

「願望には気をつけたほうがいい、副大統領」ガードナーが立ちあがり、歩きまわりはじめた。「たしかにわたしは、十六カ月かけてイラクから撤兵したいといったが、思ったよりも長引いている。今回の事件は、たとえ米軍が敵とじかに接触していなくても、兵士が現地で日々危険にさらされていることを、ありありと示している。撤兵を速めて、さらに多くの兵士を引き揚げることを検討すべき時機だ。意見は?」

「アメリカ国民は、まちがいなく同意するでしょう、大統領」バーブー国務長官がいった。「この大惨事が明朝、ニュースで報じられたあとは、確実にそうなります」

「その可能性については、何度も話し合いました」カーライル国家安全保障問題担当大統領補佐官がいった。「一個機械化歩兵旅団が、バグダッドで十二カ月ごとに交替。

一個訓練連隊が十六カ月ごとに交替。さらに、本土から派遣される部隊が、一カ月か二カ月という短期間に、イラク全土で頻繁に統合訓練を行なっています。日常のセキュリティ・監視活動は、民間受託業者が行ない、地域で必要とされる特殊作戦任務は回数が減っています」

「好都合な状況だと思う」ガードナーはいった。「われわれの兵士がひとり死ねば第一面の記事になるが、受託業者は六人くらい死ぬまで、だれも気にかけない。詳細を煮詰め、早急に計画を立てよう」他の補佐官たちに向かって、ガードナーはいった。「よし、午前七時の閣議までにイラクの攻撃に関する最新情報がほしい。ありがとう、諸君」一同がオーバル・オフィスを出ていくときに、ガードナーはいった。「バーブー国務長官、書斎でちょっと話がある」

ドアが閉ざされると、ガードナーは元ルイジアナ州選出上院議員のバーブーに、バーボンの水割りをこしらえた。ふたりで乾杯してから、バーブーがガードナーの唇に軽くキスをした。口紅がつかないように気をつけていた——なにしろ大統領夫人が上の居室にいる。「フィニックスを勧めてくれてありがとう、ステイシー」ガードナーはいった。「いい人選だ——フィニックスもここを離れて気晴らしになる。彼はいつも煙たがられているし」

「そうね——詮索《せんさく》が過ぎることがあるし」バーブーはいった。下唇を丸めて、口を尖《とが》らせた。「でも、わたしに先に相談してくれればよかったのに。わたしたちの党には、チームのトップになるのにもっと適任なひとが十人以上いるのよ」

「フィニックスを表舞台に出さないで政治家としての未来を潰そうとしているという不満の声が政界にあると、ウォルターから聞いている」ガードナーはいった。

「副大統領は、たいがいそういわれるのよ」

「わかっているが、わたしが二期目に立候補したときには、あいつを副大統領にしておく必要があったし、党の重鎮たちが機嫌を損ね、あいつをそそのかして対抗馬にするような事態は避けたかった」ガードナーは、コーヒーのマグカップの氷の上にまたプエルトリコのラムを注いだ。「今回の任務は目立つから、フィニックスの支援者たちはよろこぶだろうが、国外に出るから、メディアはあまりつきまとわないだろう。わたしが事件の調査に本腰を入れていることを示せるし、たいした成果はあがらないはずだから、痛手を受けるものがいるとすれば、それはフィニックスのほうだ。だが、ことは米兵の死がからんでいる問題だが、フィニックスの身になにかあれば、大衆の関心は薄れるだろう。フィニックスに専門家を何人か教えてやり、連れていくかどうかを見ていればいい」

「そうですね」バーブーが、陰謀に目を輝かせていった。「副大統領は、体を低くしたり、抗弾ベストを着るのを、忘れるかもしれませんね。そうすると、後任の副大統領が必要になりますね」

「おいおい、ステイシー、そんなことをジョークにしてはいけない」ガードナーは、息を吐いた。バーブーの言葉に驚いて、目を丸くした。バーブーが薄笑いを浮かべて笑い飛ばし、その邪悪な考えが本気ではないのを示すのを待ったが、そういうようすがなかったのに驚きはしなかった。

「かわいくて男前のケネス・ティモシー・フィニックスの身になにかあるようにと、願っているわけではありません」バーブーはいった。「でも、危険な場所へ行くわけですから、最悪の事態が起きたときになにをやればいいかは、考えておく必要があります」

「もちろん後任は指名しなければならないだろう。何人も候補がいる」

バーブーが、じらすような仕草でバーボンのグラスをテーブルにゆっくりと置き、ガードナーに近づいた。「わたくしは候補のひとりなのかしら、大統領?」ガードナーのジャケットの襟の下で指を動かし、胸を愛撫《あいぶ》しながら、官能的な低い声でいった。

「ああ、きみはいろいろな役職の候補になっているよ、ダーリン。でも、そうなったら、ここで毒見役を雇わなければならなくなるね」

バーブーは手をとめなかった——そしてジョークを否定もしなかった。「わたくしは継承で大統領になるつもりはないのよ、ジョー——自分の力で勝ち取れるとわかっているの」バーブーが、歌うような低い声でいった。美しいグリーンの目で、ガードナーのほうを見あげた……その目にガードナーが見てとったのは威嚇だけだった。バーブーがふたたびガードナーの唇に軽くキスをした。見ひらいた目でまっすぐにガードナーの目を覗き、キスのあとでつけくわえた。「でも、どんな手を使ってでも手に入れる」

ガードナーは笑みを浮かべ、バーブーがドアに向かうと、情けなさそうに首をふった。「いったいどっちが危険な目に遭うことになるのか、わたしには見当もつかないよ、国務長官さん。イラクへ行く副大統領か……それとも、このワシントンＤＣできみに楯つく人間か？」

同時刻

トルコ共和国　大統領官邸

「なんというやつだ」ヒルシズ大統領が受話器を置くと、ハサン・ジゼク国防相ががなり散らした。「これは侮辱だ！　ガードナーは大統領に即刻、あやまるべきだ！」

「落ち着いて、大臣」アイシェ・アカス首相がいった。アカス、ヒルシズ、ジゼクの三人とともに、国家安全保障スタッフが勢ぞろいしていた。オルハン・サヒン国家安全保障評議会事務総長、ムスタファ・ハマラト外務大臣、アブドゥッラー・グズレヴ参謀長、国内と国外の諜報活動すべてを行なう国家情報機関のフェヴシ・グジュル長官。「ガードナーは動転して、まともに考えられないのよ。それに、あの悪態が聞こえたのよ。あなた、どうかしているんじゃないの？」

「あの酔っ払いの助平野郎のために弁解するのは、やめてください、首相」ムスタファ・ハマラト外相がいった。「アメリカ合衆国大統領たるものが、同盟国の国家元首に怒りをぶちまけるべきではないでしょう――いくら疲れていようが、動揺していようが、おなじです。危機に際して取り乱すというのは、まちがっています」

「みんな静まれ」ヒルシズ大統領が、降参するような仕草で両手をあげた。「わたしはべつになんとも思っていない。われわれは必要な連絡をして、謝罪したのだ――」

「というよりは、ひれ伏していましたがね！」ジゼクが、吐き捨てるようにいった。

「われわれのロケット弾で米兵十数人が死に、イラク兵もおそらく何十人も死んだのだ、ハサン。低姿勢になるのはやむをえないだろう」ヒルシズは、ジゼクを睨みつけた。「つぎに向こうがなにをいい、どう出るかが大事だ」国家安全保障評議会事務総長のサヒン大将のほうを向いた。「将軍、情報が正確で、即動が必須であり、ただちに対応しなければならなかったことに、絶対の確信があるのか？」

「わたしは確信しております、大統領」だれかがいうのが聞こえた。そちらを向くと、国家憲兵司令官ベシル・オゼク大将が執務室の戸口に立ち、怯えた表情の補佐官がそのうしろにいるのが見えた。オゼクは顔と首と手の包帯をはずしていて、おぞましい姿だった。

「オゼク将軍！」ヒルシズは、オゼクの出現に驚くとともに、その姿に吐き気をおぼえ、思わず口走った。生唾を呑み、嫌悪をこらえるために半眼になってから、周囲にそれを見られたのを恥じた。「きみは呼んでいない。まだ本調子ではないし、病院にいるべきだ」

「それに、アメリカ側に知らせる時間はありませんでした――もし知らせていれば、その情報がＰＫＫのシンパに漏れて、勝機は失われていたでしょう」オゼクは、ヒルシズ大統領の言葉を聞き流してつづけた。

ヒルシズはうなずき、オゼクの恐ろしい傷痕から目をそらした。「ありがとう、将軍。下がってよろしい」

「自由に発言させていただけるのでしたら、わたしは先ほど耳にしたことのせいで、心底むかついています」オゼクがいった。

「なんだと？」

「トルコ共和国大統領がたびたび、まるで金魚を猫に食わせた男の子みたいにあやまるのを聞くと、わたしは吐き気をおぼえます。失礼ですが、大統領、嫌悪を禁じえません」

「いいかげんになさい、将軍」アカス首相がいった。「敬意を示しなさい」

「わたしたちは、国を護ることに専念しています」オゼクが、腹立たしげにいった。

「あやまる理由はなにもありません」

「なんの罪もない米兵が死んだのよ、将軍……」

「連中は、PKKではなくISIのテロリストを追ってると思い込んでいた」オゼクが反論した。「イラク人にすこしでも知恵があれば、われわれとおなじように、トンネル網はISIではなくPKKの隠れ家だとわかっていたはずだ」

「それはたしかなの、将軍？」

「まちがいありません」オゼクはいい張った。「ISI反乱分子は、都市に隠れ、都市で活動しています。PKKとはちがい、田園地帯にはいない。アメリカがそれをしっかりと学ぼうとしていれば——あるいはイラク側が関心を抱いていれば——事件は起こらなかったはずです」

ヒルシズ大統領は沈黙し、そっぽを向いた——考えるためだったが、オゼクの醜い傷を見ないためでもあった。「そうはいっても、将軍、この事件はワシントンDCで怒りや憤激を引き起こしている。われわれは、それをなだめ、謝罪し、全面的に協力する姿勢を示さなければならない」すこし間を置いて、ヒルシズはいった。「アメリカ側は調査官をよこす。われわれは調査を支援しなければならない」

「大統領、そんなことを許してはいけない」オゼクがわめいた。「アメリカや国際社会に、われわれがこの国を護るのを邪魔させるわけにはいかない。どんな調査でも、われわれに落ち度があり、われわれの政策に問題があるということに的が絞られるはずだと、大統領もわたしとおなじように気づいているはずです。ＰＫＫとそのたび重なる攻撃のことは、俎上《そじょう》にのぼらないでしょう。手を打たないといけません、大統領！」

アカス首相の目に怒りが燃えあがった。「そこまでよ、オゼク将軍！」アカスが叫んだ。老練の国家憲兵司令官の目がギラギラ光り、いっそう恐ろしい顔つきに見えた。アカスは一本指を突きつけて、オゼクがいい返そうとするのを封じた。「あとひとことでもいったら、将軍、ジゼク国防相に指示して、あなたを解任させる。それから、わたしがその軍服から階級章をはぎ取る」

「われわれのロケット弾がＰＫＫのテロリストだけに命中したのであれば、外国はあの攻撃になんの関心も持たなかったはずだ」オゼクがいった。「その場合、トルコ国民は事態をあるがままに受け取っていただろう。軍の無能や人種差別によるものではなく、ＰＫＫに対する大勝利だとして」

「ジゼク国防相、オゼク将軍を司令官から解任しなさい」アカスがいった。

「落ち着いていただけませんか、首相……」ジゼクがあわてていった。「たしかに恐ろしい偶発的事件でしたが、われわれは国を護ろうとしただけで……」

「オゼクを解任しなさいといったのよ！」アカスが叫んだ。「さっさとやりなさい！」

「黙れ！」ヒルシズ大統領が、懇願するように大声でいった。「みんな、頼むから黙ってくれ！」心のなかの葛藤《かっとう》で張り裂けてしまいそうな顔をしていた。閣僚や補佐官を見まわしたが、答は見つからなかった。オゼクのほうを向き、静かな声でいった。

「なんの罪もない米兵とイラク兵が、今夜、多数死んだのだよ、将軍」

「申しわけありません」オゼクがいった。「わたしが全責任をとります。しかし、今夜、ＰＫＫのテロリストがいったい何人死んだのかということは、判明するのでしょうか？　また、この調査なるものを主導するアメリカとイラクが、抹殺されたテロリストの数をわれわれに教えたとしても、そいつらが無辜《むこ》のトルコ国民に対してやったことをわれわれが国際社会に伝える機会は、あたえられるのでしょうか？」ヒルシズが答えず、壁の一点を見つめていたので、オゼクは身をこわばらせて、立ち去ろうとした。

「待て、将軍」ヒルシズがいった。

「まさかあのことを考えているんじゃないでしょうね、クルザト！」アカス首相が、驚いて口をぽかんとあけながらいった。

「オゼク将軍のいうとおりだ、アイシェ」ヒルシズはいった。「今回の事件でも、トルコはまた中傷されるだろう……」そういうと、椅子を両手でつかみ、すばやく押してひっくりかえした。「そんなことにはもう我慢できない！　トルコの国民の目を覗き込んで、また約束したり弁解したりするつもりはない！　これを終わらせる。ＰＫＫがこの政府を怖れるようにしてやる……いや、アメリカ、イラク、全世界が、われわれを怖れるようにしたい！　他人のカモになるのはうんざりだ！　ジゼク国防相」

「はい！」

「イラク領内のＰＫＫの訓練キャンプと施設を破壊する戦闘計画を、できるだけ早急にわたしのデスクに届けてくれ」ヒルシズがいった。「非戦闘員の死傷者をできるだけすくなくしたいし、迅速で効果的で徹底したものにしてもらいたい。全世界から激しく非難されるのは目に見えているし、第一日から撤退するよう圧力がかかるはずだから、迅速で効果的な大規模作戦でなければならない」

「かしこまりました」ジゼクがいった。「よろこんで」

ヒルシズはオゼクに近づき、その肩に両手を置いた。今回は、ひどいありさまの顔を見るのを怖れなかった。「わたしは誓う」ヒルシズはいった。「わたしが許可した作戦のことで、わたしの将軍に責任をとらせるようなことは、二度としない。この作戦が開始された暁には、将軍、きみが任務に耐えられるようなら、ＰＫＫの本拠を叩く部隊の指揮をとってもらいたい。きみは墜落した飛行機から脱出したばかりか、アンカラに来てわたしと対決するほど強い男だから、ＰＫＫを叩き潰す力があるはずだ」

「ありがとうございます」オゼクがいった。

ヒルシズは、その場にいた他の閣僚や補佐官のほうを向いた。「大統領に本心を打ち明けたのは、オゼクだけだった――これからは、そういう人間の助言をだいじにしたい。ＰＫＫを一気に掃滅する計画をまとめてくれ」

4

論争には理由も友好関係も必要ではない。
——ギリシャの抒情詩人イビュコス　紀元前五八〇年頃

二日後
イラク　ナフラ連合軍航空基地

帷幕《タンク》会議室内の声が、前よりも静かになっていた。報告や観察を述べるときを除けば、だれも口をきかない。作業が忙しくないときには、部門の長や操作員や技術職は背すじをのばして座席に座り、まっすぐ前方を見つめていた——仲間とおしゃべりしたり、体をのばしたりすることはなく、なまけているようすはまったくなかった。

ウィルヘルム大佐は、戦闘幕僚室にはいり、正面コンソールの席について、ヘッドセットをかけた。幕僚たちに顔を向けずに、インターコムでいった。「兵站、偵察、情報を除くすべての作戦を休止するよう命じられた。追って指示があるまで、イラク軍への戦闘支援は行なわない」

「しかし、そういう仕事はすべて受託業者がやっていますよ」だれかがインターコムでいった。「われわれはどうすればいいんですか?」

「万が一、トルコと揉めた場合に備えて、訓練をやろう」ウィルヘルムは答えた。

「われわれはトルコと戦争をしているんですか?」副連隊長のマーク・ウェザリー中佐がきいた。

「そうではない」ウィルヘルムが、抑揚のない声で答えた。

「では、どうして作戦を休止するんですか?」連隊作戦幕僚のケネス・ブルーノがきいた。「われわれはなにもしくじっていない。トルコをとっちめるべきですよ。あんなことをされて――」

「おれもおなじ質問をして、おなじ意見をいった」ウィルヘルムがさえぎった。「黙れと国防総省《ペンタゴン》にいわれた。だからいま、おまえにもおなじことをいう。黙れ。これからいうことをよく聞いて、おまえの部下に伝えろ。

われわれは恒常的に部隊保全状態《FPCON》デルタを維持する。おまえらが戦闘装備を完全につけずに表に出て、まだ死んでいなかったら、おれがみずから殺す。この基地はノミのケツの穴よりもぴっちりと閉ざす。IDを正しい位置に見えるように帯びていないやつには、災いがふりかかる。上級の幕僚や、民間人もおなじだ。

いまから、この基地は戦時態勢をとる――われわれとともに暮らし、ともに作業しているイラク軍を護ることが許されないのであれば、自分たちを護るしかない」ウィルヘルムはつづけた。「われわれは、だらだらせずにやるべき仕事をやる――出征期間を終えて帰国するまで、許されるかぎり精いっぱい訓練を行なう。つぎに、トリプルCはできるだけ早くイラク軍に移管する――」

「ええっ？」だれかが大声をあげた。

「黙れといったはずだ」ウィルヘルムは叱りつけた。「国防総省からの正式な指示はつぎのようなものだ。われわれは交替するのではない。設備を取り払い、トリプルCをイラク軍に返す。全戦闘部隊は予定よりも早く、イラクから撤退する。あとはイラク軍が引き受ける」それはその場にいた全員が待ち望んでいた日だった。イラクを去り、二度と戻らない。だが、奇妙なことに、だれもよろこばなかった。「どうだ？」ウィルヘルムは、タンク内を見まわした。「おまえら、うれしくないのか？」

長い沈黙が流れ、やがてマーク・ウェザリー中佐がいった。「逃げ出すように見られますよ、連隊長」

「一発くらったらもう耐えられないように見られる」だれかが合いの手を入れた。

「わかっている」ウィルヘルムはいった。「だが、そうじゃないことを、われわれは知っている」その言葉にだれも納得していないようだった——沈黙が重くのしかかった。「機密扱いの機器はすべて取り外す——細かい指示はないから、われわれの設備の大部分がそれにあたると、おれは解釈している——だが、残りはイラク軍に引き渡す。イラク軍の訓練と補助は、ここでひきつづき行なうが、戦闘作戦には同行しない。イラク軍の考える〝治安活動〟は、われわれの定義とは大きくずれているわけだからたとえ戦闘行動に直面しても、本腰を入れる気はない。マクラナハンはどこだ？」

「いま行く、大佐」マクラナハンは、指揮通信網で応答した。「格納庫にいる」

「連隊の今後の主な任務は、受託業者の支援だ」ウィルヘルムが、感情のこもらない冷たい声でいった。「監視とセキュリティは、すべてやつらがやることになるからな。統一前のコリア（『韓国軍侵攻』の設定では南北朝鮮が統一され、「コリア」となる）のときとおなじように、イラク駐留米陸軍はただの仕掛け線《トリップワイヤ》部隊になる。コリアから撤兵する直前の部隊規模よりも、さらに小さくなるだろう。マクラナハン将軍、コター大尉といっしょに、兵站空輸、無人機、あんたのスパイ機の空域調整を作成してくれ」

「わかった、大佐」

「マクラナハン、格納庫で五分後に会おう。ほかのものは、副連隊長《エグゼク》と会議し、機密扱いの機器の取り外しと、訓練プログラムの開始について検討しろ。おっと、もうひとつ、第二小隊の追悼式は、今夜だ。明朝、ドイツに向けて遺体が空輸される。以上だ」ヘッドセットをデスクにほうり投げ、だれにも目を向けずにすたすたと出ていった。

第二小隊の斃れた兵士たちをイラクから運び出す準備にエアコンのある格納庫が使えるように、XC‐57は野外の大きなテントに移されていた。C‐130ハーキュリーズ輸送機一機が、アルミの搬送ケースを積んでクウェートから到着し、遺体を積み込むためにそのケースがおろされていた。死んだ兵士の体の一部を収めた遺体袋を載せたテーブルがならび、医療関係者、死体安置所の記録係のボランティア、同僚の兵士たちが、その列のあいだを歩いて、作業を手伝い、祈り、別れを告げていた。損傷の激しい遺体を保存するために、冷蔵車が近くに一台とまっていた。

ウィルヘルムは、遺体袋のひとつのそばに立っているマクラナハンを見つけた。ボランティアが、袋のファスナーを閉じようとして待っていた。向かいにウィルヘルムが立っているのに気づいたマクラナハンがいった。「ガマリエル特技下士官は、昨夜、任務の前にここに来たんだ。重爆撃機や宇宙機を飛ばすのがどんなふうか知りたいといっていた。空を飛びたいとずっと思っていて、宇宙へ行けるように、空軍に移ることを考えている、といっていた。十五分ほど話をして、彼は小隊に戻っていった」

ウィルヘルムは、ひどい痣が残っている血まみれの遺体を見て、心のなかで〝ありがとう、兵隊〟といってから、声に出していった。「話がある、将軍」ウィルヘルムが待機している兵士たちにうなずくと、兵士はうやうやしく遺体袋のファスナーを閉めた。マクラナハンのあとから、遺体袋の列のあいだを通り、格納庫のひと気のない一角へ行った。「きょうのうちにCV - 22オスプレイでVIPが来る」

「フィニックス副大統領だな。知っている」

「どうしてそんなに早くなんでも知ることができるんだ、マクラナハン?」

「オスプレイではなく、わが社の二機目のXC - 57に乗ってくるからだ」マクラナハンはいった。「オスプレイではターゲットになりやすいと、連中は不安視している」

「そんなことをやってのけるとは、あんたらはよっぽどホワイトハウスと深く結びついているんだな」マクラナハンは答えなかった。「戦闘作戦を停止するという決断にも、関わっていたのか?」

「戦闘作戦が縮小されているのは、周知の事実だ、大佐」マクラナハンはいった。「ザフークの事件は、物事を加速したにすぎない。そういった事柄をわたしが知っているのは……物事を知り、聞くのが、わたしの仕事だからだ。わたしは自分が使える道具《ツール》をすべて駆使し、できるだけ多くの情報を集める」

ウィルヘルムは、マクラナハンに一歩詰め寄った……だが、今回は脅したり威嚇したりするようすはなかった。重大な疑問をいますぐじかにぶつけたいのだが、それをだれかに聞かれ、恐怖や困惑を言葉の端々から悟られるのを怖れているようだった。「あんたたちは何者だ?」ささやくような低い声できいた。「いったいどうなっているんだ?」

マクラナハンは、はじめてウィルヘルムに対する態度を和らげた。戦闘で部下を失ったうえに、状況を管理できなくなるのがどういうものか、マクラナハンにはよくわかっていた。ウィルヘルムの気持ちが理解できた。それでも、その質問の答や説明を聞く資格は、ウィルヘルムにはない。

「部下を失ったこと、お悔やみ申しあげる、大佐」マクラナハンはいった。「では、失礼する。便がまもなく到着する」

XC‐57ルーザー二番機は、現地時間の午後八時にナフラ連合軍航空基地に着陸した。マスコミと地元の高官に副大統領が乗ると知らせてあったCV‐22が、その前に到着した。CV‐22は通常の〝高性能〟到着手順を行ない、高高度から高速で基地に接近して、速度と高度を落とすために上空で急旋回した。なにも問題は起こらなかった。警備部隊が付き添ってオスプレイを格納庫に入れたころには、XC‐57がすでに着陸し、基地のべつの場所へ何事もなく地上走行していった。

ジャック・ウィルヘルム、パトリック・マクラナハン、ジョン・マスターズ、クリス・トンプソン、マーク・ウェザリーが、すべておなじような服装――トンプソンの警備部隊がいつも着ているような、ブルージーンズ、ブーツ、無地のシャツ、サングラス、ベージュ色のベストという組み合わせ――で、XC‐57のそばに立っていると、フィニックス副大統領が、搭乗梯子をおりてきた。

軍服を着ているのは、ナフラ連合軍航空基地司令のユスフ・ジャッファール大佐だけだった。砂漠用のグレーの戦闘服はいつもとおなじだが、いまはグリーンのベレーをかぶり、シャツには勲章がいくつも留めてあった。それにくわえて、黒いアスコットタイを締め、ブーツと拳銃のホルスターは磨き込まれ、四五口径のセミオートマティック・ピストルを携帯していた。ジャッファールは、副官以外のだれとも口をきかなかったが、話をしたいようなそぶりで、マクラナハンをじっと見ていた。

ケネス・フィニックス副大統領がおり立ったとき、ジャッファールだけが敬礼をした。フィニックスは、他のアメリカ人とほとんどおなじ服装だった――民間警備会社の警備員が集まっているように見えた。あとの男女数人も、おなじような服を着ていた。

フィニックスが、その光景を見てにやにやしながらあたりを見まわし、ようやく知っている顔に目の焦点を合わせた。「なんと、見憶えのある人間がいる。奇怪な夢でも見ているような気がしてきた」マクラナハンに近づき、手を差し出した。「会えてうれしいよ、将軍」

「わたしもうれしいです、副大統領。イラクにようこそ」

「もっと楽しい状況ならよかったのに。それじゃ、あなたはいまでは〝闇《やみ》の世界〟で働いているのだね。邪悪な国防受託業者として」マクラナハンは答えなかった。「みんなを紹介してくれ」フィニックスがいった。

「はい。こちらはユスフ・ジャッファール大佐、ナフラ連合軍航空基地の司令です」

紹介されてようやく、ジャッファールが敬礼の手をおろし、フィニックスが手を差し出すまで、硬直した気をつけの姿勢で立っていた。「お目にかかれて光栄ですよ、大佐」

ジャッファールは、その姿勢のまま、ぎくしゃくとした仕草で握手をした。「わたしの国と基地においでいただき、光栄であります」馬鹿でかい声で、ジャッファールがいった。明らかに、前もって練習しておいた台詞のようだった。「あなたの上に《アッサラーム・》平安がありますように《アライクム》。イラク共和国とナフラ連合軍航空基地に、ようこそいらっしゃいました」

「あなたの上にも平安がありますように《ワ・アライクム・アッサラーム》」フィニックスが、驚くほど正確なアラビア語の発音でいった。「兵士多数を亡くされたことに、お悔やみを申しあげます」

「わたしの兵士は誉《ほま》れ高く軍務に服し、国のために尽くして、殉教者として死にました」ジャッファールがいった。「みんなアッラーの右側に座しております。これをやった下手人どもは、高い代償を払うことになるでしょう」気をつけをして、フィニックスから目をそらし、会話を切りあげた。

「副大統領、こちらは連隊長のジャック・ウィルヘルム大佐です」マクラナハンは、紹介をつづけた。

フィニックスが手を差し出し、ウィルヘルムがその手を握りしめた。「あなたも部下を亡くされた。お悔やみ申しあげる」フィニックスがいった。「なにか必要なことはありますか。なんであろうと、わたしに直接いってください」

「いまわたしがお願いすることはただひとつ、第二小隊の追悼式に出席していただきたいと存じます。二時間後です」ウィルヘルムがいった。

「もちろん出席します、大佐。そこへ参ります」フィニックスが答えた。ウィルヘルムが幕僚たちを紹介し、フィニックスが同行者たちを紹介した。つづいて、クリス・トンプソンが、一行を待機していた装甲車両に連れていった。

装甲をほどこしたサバーバンにマクラナハンが乗り込もうとすると、ジャッファールの副官が近づいてきて、敬礼をした。「お邪魔して申しわけありません」かなり流《りゅう》暢《ちょう》な英語で、副官がいった。「大佐がお話しできないかと申しております」

マクラナハンは、顔を半分そむけているジャッファールのほうを見た。「副大統領とのブリーフィングが終わってからではいけないのか？」

「大佐はブリーフィングには出席しません。どうかお願いします」副官がいった。マクラナハンはうなずき、サバーバンの運転手にそのまま行くよう手ぶりで示した。

マクラナハンがそばへ行くと、ジャッファールがさっと気をつけの姿勢になり、敬礼をした。マクラナハンは答礼をした。「マクラナハン将軍。お手間をとらせて申しわけありません」

「副大統領とのブリーフィングに出席しないそうだね、大佐？」

「上官やイラク陸軍参謀総長を差し置いて、そのような会議に出席するのは、軍幹部に対する侮辱にあたります」ジャッファールは説明した。「そういう儀礼は賢慮されなければなりません」マクラナハンを睨みつけて、つけくわえた。「将軍の上官やバグダッドにいる外交官も、おなじように怒るのではありませんか」

「われわれではなく、副大統領が決めたことだ」

「副大統領は、そのような儀礼に関心がないのですか？」

「副大統領は、事件の真相を突き止め、事態収拾にアメリカ政府がどう力になれるかを探るために来たのであって、儀礼を守るためではない」

ジャッファールがうなずいた。「なるほど」

「副大統領は、あなたがブリーフィングに出席しないのは儀礼に反すると考えるかもしれない、大佐。そもそもイラクとイラク軍に力を貸すために来たのだからね」

「そうですかね、将軍?」ジャッファールが、剃刀《かみそり》のように鋭い口調できいた。「副大統領は、招かれてもいないのにわれわれの国に来て、イラク大統領が預かり知らないブリーフィングに、わたしが出席するのが当然だと考えていると?」大げさに思案しているそぶりを見せてからうなずいた。「副大統領には、わたしからの謝罪を伝えていただきたい」

「もしよければ、あとであなたに説明するよ」

「それで結構です、将軍」ジャッファールがいった。「できるだけ早く、将軍の偵察機を査察する許可をいただけませんか?」

　マクラナハンはちょっと驚いた。ここに到着してからの短いあいだ、ジャッファールはマクラナハンたちの活動にはなんら興味を示していなかった。「システムや機器のなかには、秘密扱いのものがあるので、それについては——」

「わかっています。たしかNOFORN——対外国開示禁止と呼んでいるのでしたね。明確にわかっています」

「それならよろこんでお見せしよう」マクラナハンはいった、「今夜の偵察飛行について説明し、飛行前点検の前に機内へ案内する。秘密扱いではないデータの受信について説明し、われわれの戦闘能力を見せよう。ウィルヘルム大佐と会社の上司の許可を得なければならないが、それは問題ないと思う。一九〇〇時にあなたのオフィスでは？」

「それで結構です、マクラナハン将軍」ジャッファールがいった。マクラナハンはうなずき、手を差し出したが、ジャッファールはさっと気をつけをして、敬礼すると、くるりと向きを変え、副官を従えて、待っている車のほうへ足早に歩いていった。マクラナハンはまごついて首をふり、待っていたハンヴィーに跳び乗って、指揮統制センター《トリプルC》へ向かった。

タンクを見おろす会議室で、ウィルヘルムが待っていた。マーク・ウェザリーが、幕僚たちを副大統領に紹介し、トリプルCとタンクの設備について説明していた。

「ジャッファールはどこだ？」ウィルヘルムが、低い声できいた。

「ジャッファールはブリーフィングに出ない。自分が先に副大統領の話を聞くのは、軍幹部への侮辱だというんだ」

「馬鹿なイスラム教徒め――やつのためになることじゃないか」ウィルヘルムがいった。「どうしておれにじかにいわないんだ？」マクラナハンは答えなかった。「いったいなんの話をしたんだ？」

「ルーザーを見学して、われわれの戦闘能力について説明を受けたいといっている。つぎの偵察任務を見守りたいそうだ」

「そういうことに、いったいいつからあいつは関心を持つようになったんだ?」ウィルヘルムが不機嫌にいった。「よりによってこんな日に。おれたちが大損害をこうむり、政府がおれたちにちょっかいを出しはじめたっていうのに」

「あんたの許可がまず必要だといっておいた」

ウィルヘルムは断りかけたが、首をふり、声を殺してなにやらつぶやいただけだった。「やつにはすべての作戦でタンクにはいる権利がある――一度も座ったことがない指揮官席もちゃんと空けてあるんだぞ――だから断れないだろう。しかし、NOFORNのものは見せないようにしてくれ」

「それも説明して、ジャッファールは納得した。その略語まで知っていた」

「たぶん映画かなにかを見て、機会あるごとに口真似をしているんだろう」この会話をすべて頭からふり払いたいとでもいうように、ウィルヘルムがまた首をふった。

「あんたはやっぱり副大統領に自分の推論をいうつもりなんだな?」

「そうだ」

「二と二を足して五だというようなものだ。命取りになるぞ。まあいい。さっさと終わらせよう」ウィルヘルムが、ウェザリーに顎をしゃくった。ウェザリーが説明を切りあげて、副大統領に席を示した。

全員が着席すると、ウィルヘルムは居心地悪そうに演壇に立った。「副大統領、随行のご一同、おいでいただきありがとうございます」ウィルヘルムが話をはじめた。「昨夜の悲惨な事件のあと、すぐにおいでいただいたことは、連隊ばかりではなく、この紛争の当事者すべてに、明確で重要なシグナルを送っております。わたしの幕僚とわたしには、みなさんの調査を支援する用意があります。

副大統領を歓迎しようと待っていた重要な関係者が多数おられることは承知しています——イラク首相、大使、イラク連合軍司令官などが——副大統領が彼らに会うために司令部に行かず、ここに来られたことを知れば、ひどく立腹するでしょうね」ウィルヘルムはつづけた。「しかし、マクラナハン将軍とわたしは、まずわれわれの話を聞いていただく必要があると考えました。あいにく基地司令のジャッファール大佐は、出席しませんが」

「出席しない理由について話はあったのか?」フィニックス副大統領がきいた。

「上官よりも先に話をするのは儀礼に反すると、わたしにいいました」マクラナハンは答えた。「残念ですがよろしくとのことです」

「部下が殺され、母国が攻撃を受けたというのに。だれが話を最初に聞くかということなど、どうでもいいだろう」

「大佐をここに呼びますか?」

「いや、つづけてくれ」フィニックスはいった。「だれかが気分を害しようが、わたしにはどうでもいいことだ。肝心なのはわれわれの兵士を殺したやつらを糾弾することだし、そいつらをかならず殲滅する。

よし、諸君、きみたちからまずブリーフィングを受けたい。イラク、クルド、トルコも、じきに説明しようとするだろうし、彼らは自分たちに都合のいい解釈をいい立てるはずだ。だから、最初の説明は、きみたちのから聞きたい。PKKから祖国を防衛すること以外は、なにもやっていないというのが、トルコ側の言い分だ。ロケット弾攻撃は、悲劇だったが単純な誤りだったといっている。きみたちの解釈を聞こう」

「了解しました」ウィルヘルムのうしろの電子ディスプレイがぱっと輝いて、イラク北部とトルコ南東部に挟まれた国境地帯の地図が表示された。「一年ほど前から、トルコはPKKの越境襲撃に対処するために、特殊作戦大隊や航空部隊も含めた国家憲兵の国境部隊を増強してきました。南西部にも、一個か二個旅団の正規陸軍部隊を派遣しています」

「通常の配備よりも規模がかなり大きいんじゃないか?」フィニックスが質問した。

「先日のディヤルバキルでのPKKテロ攻撃を考慮しても、異常に規模が大きいです」ウィルヘルムが答えた。

「それで、国境のこちら側は?」

「イラク軍とわれわれ——イラク軍の約三分の一と、わずかな航空部隊のみです」ウイルヘルムが答えた。「最大の脅威は、付近の戦術航空部隊です。ディヤルバキルは、シリア、イラク、イランの国境地帯の防衛を担当する第二戦術空軍コマンドの本拠です。Ｆ‐16戦闘爆撃機二個航空団、Ｆ‐４Ｅファントム戦闘爆撃機一個航空団にくわえ、Ａ‐10サンダーボルトⅡ近接地上支援機の新設航空団一個、最近、余剰装備としてアメリカから購入したＦ‐15Ｅストライクイーグル戦闘爆撃機航空団一個を擁しています」

「Ｆ‐15が余剰装備――そんな馬鹿げた話は聞いたこともない」フィニックスが、首をふりながらいった。「いまだに戦闘では無敵のはずだろう?」

「そう思います」ウィルヘルムがいった。「しかし、最近は海軍と海兵隊の空母搭載戦術戦闘機重視で、空軍の戦闘機は縮小され、輸出市場にアメリカの優秀な武器が多数出まわっています」

「ああ、わかっている――そういうハイテク兵器が外国に流出するのを、わたしは必死で食い止めようとしたんだ」フィニックスはいった。「しかし、ガードナー大統領は軍事に詳しいうえに、大の海軍贔屓《びいき》だし、大統領の改革・現代化計画を議会が強く支援している。空軍は整理され、トルコのような国が利益を得ている。Ｆ‐22ラプターも、空母用に改造できなかったら、トルコに買われることになるだろう。よし、私見はこれくらいにしよう。つづけてくれ、大佐。われわれが直面しているその他の脅威は？」

「ペトリオット・ミサイル、大口径のレーダー誘導高射砲、イギリス製のレイピア地対空ミサイルといったトルコの重対空システムは、イランとシリアに対して配置されています」ウィルヘルムが説明をつづけた。「一部のシステムはもっと西に移動されると予想することもできますが、イラクには空軍といえるようなものがなく、たいした脅威ではないので、当然ながら主力の地対空ミサイル《SAM》はイランとシリアに向けたままにするでしょう。もっと小型の高射機関銃や歩兵携行式のスティンガーとは、どこで遭遇してもおかしくありませんし、機甲大隊にはたいがい備わっています。

　準軍事組織のトルコ国家憲兵部隊は、特殊作戦大隊数個を、おもにＰＫＫ反乱分子とテロリスト部隊を捜索して殲滅するために展開しています。練度は高く、わが国の海兵隊偵察部隊に相当する力があると見なされます――軽装備で、迅速で、機動性が高く、殺傷力に長けていると」

「国家憲兵司令官ベシル・オゼク大将は、先日のディヤルバキルに対するＰＫＫの攻撃で、重傷を負いました」マクラナハンはつけくわえた。「しかし、立ち直って、国境地帯全域で索敵殲滅作戦を行なう部隊を指揮しているようです。ザフークに対するロケット弾攻撃は、まちがいなくオゼクの指示によるものです」

「その男と話をする必要がある」フィニックスはいった。「それで、大佐、この活動全体についてのきみの解釈は？」

「分析はわたしの仕事ではありません」ウィルヘルムがいった。「しかしながら、トルコはＰＫＫに対する攻勢に向けて兵力を増強しています。武力誇示のために、国家憲兵を正規陸軍で支援しています。ＰＫＫは散らばって身を隠すでしょう。トルコが拠点数カ所を攻撃し、そのあとはなにもかも、おおむね常態に戻るでしょう。ＰＫＫはこういうことを、三十年以上もやっています——トルコはそれを阻止できない」

「正規軍を投入するというのは——これまで例のないことだろう」フィニックスが評した。マクラナハンのほうをちらりと見た。「将軍、急に黙り込んだな」ウィルヘルムに目を戻した。「どうやら意見の相違があるようだね、大佐？」

「副大統領、トルコ軍部隊のこの地域における兵力増強は、イラクへの全面侵攻の前触れだというのが、マクラナハン将軍の意見なのです」

「イラク侵攻？」フィニックスは、大声をあげた。「何年も前から越境襲撃を何度となく行なっているのは知っているが、どうして全面侵攻だと思うんだ、将軍？」

「副大統領、まさにそれが理由です。トルコは、越境襲撃を何度となく行なっても、ＰＫＫの襲撃を阻止することはおろか、回数を減らすこともできていません。したがってトルコは、イラク領内のＰＫＫに対する全面強襲に踏み切るでしょう——国境付近の拠点、訓練キャンプ、補給品集積所だけではなく、クルド人の指導者集団も殲滅しようとするはずです。アメリカや国際社会が撤兵するよう圧力をかける前に、一度の電撃的な猛攻撃でＰＫＫを一気に叩き潰し、できるだけおおぜいを殺すつもりでしょう」

「大佐の意見は？」

「トルコにはそれだけの兵力がありませんよ」ウィルヘルムがいった。「それは砂漠の嵐《あらし》作戦に匹敵するような規模の作戦です――兵員二十五万以上が必要です。トルコ陸軍は総兵力が四十万人で、ほとんどが徴集兵です。一度の作戦のために、正規軍戦闘部隊の三分の一を投入し、それにくわえて予備役の半分を投入しなければなりません。それには何カ月もかかり、莫大《ばくだい》な戦費が必要になります。そもそもトルコ軍は海外遠征部隊ではない――外国を侵略するためではなく、国内のゲリラ活動鎮圧と防衛のために編成された軍隊です」

「将軍の意見は？」

「トルコ軍は自国の領内から打って出ればいいわけですし、自衛と民族の誇りのために戦うことになります」マクラナハンはいった。「正規軍と予備役の半数を投入すれば、兵力五十万を動かせるようになります。訓練を受けた経験のある退役兵士も多数いて、それも使えます。ＰＫＫを一気に掃滅する好機のために総動員を命じない理由は、どこにも見当たりません。

しかも、ゲームの流れを変える新たな要素が働いています。トルコ空軍です」マクラナハンはつづけた。「従来、トルコ軍は国内の反乱を鎮圧することに重点が置かれ、ソ連に対するNATOの仕掛け線《トリップワイヤ》の役を副次的に演じてきました。海軍は強力ですが、おもにボスポラス海峡とダーダネルス海峡の防衛と、エーゲ海哨戒の任務を担っています。空軍はこれまでは、米空軍の支援を受けていたので、割合小規模でした。

しかし、この二年のあいだに、それが変わりました。トルコ空軍はいまや、ヨーロッパではロシアに次ぐ第二位の規模です。余剰装備のF‐15ばかりではなく、もっと多数の航空機を購入しています——空母搭載型ではないあらゆる攻撃機がそこに含まれています。A‐10戦術攻撃機、AC‐130スペクター対地攻撃機、アパッチ攻撃ヘリコプター。ペトリオット地対空ミサイル、AMRAAM空対空ミサイル、マーヴェリックやヘルファイアのような精密誘導空対地ミサイルもあります。F‐16はトルコ国内でライセンス生産しています。われわれが砂漠の嵐作戦のときに使用できたのとおなじ数のF‐16飛行隊が、トルコにはありますし、本国から発進して戦えます。それに、トルコの防空も侮れません。ペトリオットやレイピアをわれわれの行動に対抗するために移動するのは、いとも簡単でしょう」

フィニックス副大統領は、しばし考えてから、ふたりに向かってうなずいた。「ふたりとも説得力のある意見をいってくれたが、どちらかというとウィルヘルム大佐の意見に賛成だ」フィニックスは、反論を待っているように、用心深くマクラナハンを見た。だが、マクラナハンは沈黙していた。「というのも、やはり信じがたい――」

その瞬間、電話が鳴った。警報が鳴ったのとおなじだった――よっぽどの非常事態でないかぎり、ブリーフィング中の電話が禁じられていることを、だれもが知っていたからだ。ウェザリーが電話に出て……つぎの瞬間、その表情に全員の目が惹きつけられた。

ウェザリーは、近くのコンピュータ・モニターの前に行って、唇をわななかせながら速報を読み、やがていった。「師団からの最優先通知です。国務省がわれわれ現地部隊に、トルコ政府が非常事態宣言を行なうかもしれないと知らせてきました」

「くそ、そういうことが起きるかもしれないと怖れていた」フィニックスがいった。「ロケット弾攻撃調査のためにトルコ側と話し合う機会は、得られないかもしれない。大佐、わたしはホワイトハウスと話をしなければならない」

「ただちに手配します」ウィルヘルムがウェザリーに顎をしゃくり、ウェザリーがすぐさま通信担当士官に電話をかけた。

「これからわたしは、大使、イラク政府、トルコ側から説明を受けるが、大統領には国境監視を強化するよう進言する」フィニックスはマクラナハンのほうを向いた。「三千人規模の米軍がいるのに、トルコがイラクに侵攻するとは、まだ信じられない。

だが、明らかに事態は急激に変化しているし、国境付近に監視の目が必要だ。きみの腹ぼて爆撃機は、そのためにあるんだろう、将軍？」

「そうです」

「では、それを出動させる準備をしてくれ」フィニックスがそういったとき、ホワイトハウスとの通信がつながったことを、ウィルヘルムが手ぶりで伝えた。「必要になると思うからだ……まもなく。もうすぐ」通信が確立したことを、ウェザリーが副大統領に知らせ、ふたりで出ていった。

　全員が会議室を出ていくあいだ、マクラナハンとウィルヘルムは残っていた。「それで、あんたの考えは、将軍？」ウィルヘルムがきいた。「腹ぼてステルス爆撃機を、今回はわれわれの空域だけではなく、トルコ領空に送り込む予定なんだろう？　さぞかしみんなの神経が休まることだろう」

「ルーザーをトルコ領空に送り込みはしない、大佐。だが、トルコを安心させるようなこともしない」マクラナハンはいった。「国境の間際で航空機がうろうろしているときに、トルコがどういう考えを抱くのかを知りたい。ＰＫＫの地上での侵入攻撃に対してトルコが激しく反撃することはわかっている。アメリカが国境の内側を航空機で探っていると思われるときに、トルコはなにをやるだろうか？」

「賢明なやりかただと思っているのか、マクラナハン？　この地域の緊張がいっそう強まりかねない」

「あんたの格納庫には、おおぜいの兵士の遺体がならべられている、大佐」マクラナハンはいましめた。「われわれがいますさまじく激怒していることを、トルコに思い知らせてやりたい」

翌朝
トルコ南東部上空

「目標発見《コンタクト》、物標Ｂ《ターゲット・ブラヴォー》と指定！」ＭＩＭ－１０４ペトリオットの戦術統制官が、トルコ語で叫んだ。「上昇して姿を見せてはまた降下している例のやつとおなじだと思う」トルコ陸軍のペトリオットＡＮ／ＭＰＱ－53レーダー・システムが一機の航空機を識別し、ターゲットに指定されて、ペトリオット射撃統制装置内の操作員たちのディスプレイに表示された。ターゲットはイラク－トルコ国境の真上にいると、戦術統制官がすぐさま判断した。だが、その航空機はトルコの航空交通管制官に連絡せず、応答機《トランスポンダー》の符号《コード》も発信していなかったので、幅三〇海里《マイル》のトルコ防空緩衝圏を侵《おか》していると見なされた。高度が低すぎるので、付近のどこかの飛行場に接近しているとは思えないし、既定の民間機の航路からだいぶ離れている。「ターゲットBを敵性に指定することを勧めます」

　戦術指揮官が、レーダー・ディスプレイを確認した——疑いの余地はなかった。

「同意する」指揮官がいった。「ターゲットBを敵性に指定、すべての民間・軍用緊急周波数と航空交通管制周波数で、警告メッセージを送れ」戦術指揮官は、ディヤルバキルの第四国境防御旅団・空域防空指揮官とマイクロ波で接続される秘話電話機を手にした。「トラック《カムヤン》、トラック《カムヤン》、こちら剃刀《ウストゥラ》。ターゲットBを敵性と指定。待機中」

「ウストゥラ、二時間前から監視しているポップアップ・ターゲットとおなじものか？」空域防空指揮官がきいた。

「おなじだと思います」戦術指揮官は答えた。「速度と飛行経路からして、偵察軌道を周回している無人機にちがいありません。前は確実な高度データが得られませんでしたが、国境の北を遠くまで見られるように、高度をあげたようです」

「民間機の通航は？」

「ターゲットが上昇して現われるたびに、警告メッセージを発信しましたし、今回はすべての民間・軍用緊急周波数と航空交通管制周波数で呼びかけています。応答はまったくありません。無線機をすべて切っているのでなければ、敵性です」

「同意する」空域防空指揮官がいった。防空圏によっては、さまざまな色のレーザー光線で視覚的な警告を行ない、飛行制限空域から航空機を追い払うという方法が使われている。だが、トルコにはそういう親切な手段はなかった——たとえあっても、防空指揮官は使わなかっただろう。敵対行為が頻発しているときに、なにも知らない馬鹿なパイロットがこの空域を飛ぶようなことをしたら、撃ち落とされてもしかたがない。「スタンバイ」といってから、通信士官に命じた。「ナフラの第二連隊とアンカラにつないでくれ」

「第二連隊が出ました、サバスティ少佐です」

ずいぶん早い、と防空指揮官は思った——通常、米軍の指揮統制センターへの直通電話は、何度か選別プログラムを通され、転送されてからつながる。「サバスティ、こちらカムヤン。今夜、防空緩衝圏でのアメリカの航空任務は、予定されていない。国境沿いのアメリカ機の飛行について確認できるか?」

「いま空域の航空図を見ています」連絡将校のサバスティが答えた。「緩衝圏を飛行している唯一の航空機は、そちらとあらかじめ調整済み、承認番号はＫＪ《キロ・ジュリエット》２３２１、空域チーズ《ペイニル》で行動しています」

「急上昇と急降下をくりかえし、われわれのレーダー覆域に現われたり消えたりする、低空飛行中の航空機を捉えている。アメリカかイラクの航空機ではないのか?」

「飛行中のアメリカ機三機、イラクの偵察機一機がいますが、緩衝圏にいるのは一機だけです」

「それはなんだ？」

「コールサインはグッピー22、アメリカの偵察機で、民間警備会社が運用しています」その航空機の旋回ボックスの座標と位置を、連絡将校が教えた。たしかに調整したとおりの座標で、空域ペイニル内だったが、ポップアップ・ターゲットとは四〇海里《マイル》離れている。

「どういう種類の航空機だ？」

「申しわけありませんが、それを教えられないのはご存じでしょう。わたしが見て確認したかぎりでは、非武装の偵察機だとわかっています」

「そうか、少佐、それがどういう種類の航空機ではないかは、教えられるだろう」防空指揮官がいった。

「それは……」

「おまえはいったいどっちの味方なんだ、少佐——アメリカか、それともトルコか？」

「失礼ですが」だれかの声が割り込んだ。「こちらはアメリカの通訳です。イラク、ナフラ連合軍基地、第二連隊の受託業者、トンプソン・セキュリティ社長クリス・トンプソンの部下です」

「あんたたちが何者で、どこに配置されているかは知っている」防空指揮官は、語気鋭くいった。「わたしの無線通信を傍受しているのか？」

「トンプソン社長によれば、アメリカ、イラク、トルコの地位協定では、部隊間の通常および緊急の無線交信の傍受を認めることで合意に達しているそうです」通訳がいった。「必要ならそちらの外務省に確認してもらいたいとのことです」

「合意のことは重々わかっている」

「そうですか。トンプソン社長は、イラク国内での作戦に使用されるシステムについての特定の情報は、地位協定で認められているもの以外は明かすことを禁じられているといっております。使用される航空機を目視で観察し、任務中にずっと監視することは、合意で認められているが、その他の詳細については明かされないこともありうるとのことです」

「トンプソン、わたしはこれから、トルコ防空緩衝圏を侵している彼我不明機を撃墜するつもりだ」防空指揮官がいった。「アメリカかイラクの航空機を攻撃しないように、わたしは詳しい情報を求めた。このターゲットの身許確認に手を貸さず、言葉の遊びをやったり、地位協定をちらつかせたりしたいのなら、好きにしろ。サバスティ少佐」

「はい！」

「われわれは緩衝圏にいる彼我不明機を追跡していて、敵性と判断したと、アメリカ側に伝えろ」防空指揮官は、トルコ語でいった。「連合軍の航空機と地上のパトロールを遠ざけることを勧める。偵察機も哨戒ボックスを離れたほうがいい」

「ただちに伝えます」

「了解」空域防空指揮官は、腹立たしげにボタンを押して、通信を切った。「アンカラとはまだつながらないのか？」大声できいた。

「お待ちください」

「こちらはマト」応答があった。トルコ語で〝王手詰み〟を意味する〝マト〟が、参謀部作戦幕僚のコールサインだということを、防空指揮官は知っていた。「そちらのレーダー探知をわれわれも見ている。また、きみがナフラに連絡して、座標と身許確認を求めたところ、自分たちの航空機ではないという回答があったことを、ナフラの連絡将校がこちらに伝えてきた。意見は？」

「ただちに射撃すべきです」

「スタンバイ」怖れていた返事があった……だが、すぐにつぎの言葉が返ってきた。

「同意する、カムヤン。指示どおり邀撃《ようげき》しろ。通信終わり」

「カムヤン了解、指示どおり邀撃します。カムヤン、通信終わり」空域防空指揮官は、戦術周波数に切り換えた。「ウストゥラ、こちらカムヤン、指示どおり邀撃しろ」

「ウストゥラ了解、指示どおり邀撃します。ウストゥラ、通信終わり」戦術指揮官は、電話を切った。「指示どおり邀撃しろと命令があった」戦術指揮官は告げた。「ターゲットの経路か高度に変化は？　われわれの交信への反応は？」

「なにもありません」

「了解、射て」

「〝射て〟を了解しました」戦術統制官が、手をのばして赤いカバーをあけて、大きな赤いボタンを押した。トルコ南東部に散開したペトリオット砲列中隊四個のすべてで、警報が鳴り響いた。それぞれの砲列中隊は、ペトリオット小隊四個から成っている。一個小隊にペトリオット能力向上型（PAC‐3）発射機一台があって、ミサイル十六基が装塡され、つぎの十六基を再装塡する準備ができている。「射て」

「〝射て〟を了解しました」戦術統制官補佐が復唱した。大隊が展開しているペトリオット中隊とターゲットの位置を照らし合わせて、敵性ターゲットにもっとも近い中隊を選び、その中隊との通信ボタンを押した。「ウストゥラ2、ウストゥラ2、こちらウストゥラ、実行、実行、実行」

「2は、〝実行〟を了解しました」短い間があり、第二中隊の現況報告が〝スタンバイ〟から〝実行〟に変わって、その中隊のペトリオット・ミサイルの発射準備ができたことを伝えた。「第二大隊が、〝実行〟の現況報告、射撃準備ができました」

「受領した」戦術統制官は、警報ボタンを押しつづけたままで、コンピュータのデータ表示を見守った。ここからはコンピュータで攻撃の全制御を行なう——電源を落とすくらいしか、人間にやれることはない。まもなく射撃管制コンピュータが、ベユトゥッセバプという山間《やまあい》の町の西に配置された小隊が邀撃を行なうよう指定したことを報告した。「第五小隊が起動されました……ミサイル1発射」四秒後にまた報告があった。「ミサイル2発射。レーダーはアクティヴ」

マッハ四で飛翔するペトリオット・ミサイルが獲物に達するには、六秒もかからない。「ミサイル1直撃しました」戦術統制官補佐が報告した。ほどなくまた告げた。「ミサイル2が第二ターゲットと交戦中」

「第二ターゲット?」

「はい。おなじ高度で急激に減速しています……第二敵性ターゲットにも直撃しました!」

「二機いたというのか?」戦術指揮官が、疑問をそのまま口にした。「編隊を組んで飛んでいたのだろうか?」

「ありえます」戦術統制官が答えた。「でも、なぜでしょう?」

戦術指揮官は首をふった。「理屈に合わないが、なんだったにせよ、撃ち落とした。一機目の大きな破片だったのかもしれない」

「かなり大きいように見えましたよ。やはり二機目でしょう」

「まあ、なんだったにせよ。そのくそったれ《メルデ》を撃ち落とした。よくやった、みんな。ターゲット二個は、国境の南を飛行していたが、緩衝圏内にいた。そうだろう？」

「じつのところ、一瞬ですが、トルコ領空内にはいりました。数海里《マイル》ではありますが、たしかに国境の北を飛んでいました」

「では、当然の撃墜だな」戦術指揮官は、ディヤルバキルの国家憲兵司令部に通じる電話を手にした。残骸、死傷者、証拠を探す捜索隊を組織する責任者が、そこにいるはずだ。「司令部、こちらウストゥラ。敵性航空機を射って、破壊した。ターゲット邀撃座標をこれから送信する」


「やつら、けっこう手早かったな」ジョン・マスターズがいった。帷幕会議室《タンク》二階の展望デッキにいて、邀撃のもようをノートパソコンで見ていた。「ターゲットの高度をわれわれが変更してから撃墜まで二分だった。かなり迅速だ」

「偽ターゲットを降下させるのが遅すぎたかもしれない……最初のペトリオット〝命中〟のあとも、ターゲットが見えていたおそれがある」マクラナハンはいった。

「画像を何秒か残して、残骸に見せかけようとしたんだ」マスターズがいった。「落ちるのを遅らせて」

「ターゲット二個に命中したと思ってくれるといいんだがね」マクラナハンはいった。

「よし。トルコがペトリオットをイラク国境近くに移動していたことがわかったし、本気だというのもわかった――プレデターやナイトホークみたいな小型のものにも、ためらわず射ってくるだろう」

「あるいはネトルージョンの偽ターゲットにも」ジョン・マスターズが、うれしそうにいった。「ペトリオットの射撃管制装置にハッキングして、無人機大のターゲットを潜り込ませることが、簡単にできた。偽ターゲットの高度をじゅうぶんにあげたとたんに、本物の敵性航空機がいるように反応した」

「現場へ行って、残骸がないのがわかったら、不審に思って、つぎは用心するだろう」マクラナハンはいった。「今回の邀撃から、ほかになにがわかった？」

「絶対高度一〇〇〇フィートを飛んでいても、発見し、邀撃できるとわかった」マスターズはいった。「かなり起伏が激しい地形だから、ずいぶん優秀だ。ペトリオットのレーダーを改良して、固定反射《クラッター》除去と低空探知能力を高めたのかもしれない」

「改良がそれだけならいいんだがね」マクラナハンはいった。インターコムの通信ボタンに触れた。「ペトリオットの邀撃を見たか、大佐？」

「みた」ウィルヘルムが答えた。「たしかにトルコはペトリオットを西に移動している。師団に報告する。しかし、それでも、トルコがイラクに侵攻するとは思えない。

ＰＫＫの活動に関する情報をすべてトルコ側に教え、われわれとイラク軍が反撃しないと安心させ、危機のレベルを下げるべきだ」

翌朝
トルコ共和国　ベユトゥッセバプの町の北

イラク系クルド人ゲリラ戦士八人から成るその分隊は、狙撃兵チームの戦術を駆使してきた――本を読み、インターネットを使い、古参兵から伝わっている情報を学んで、ターゲットに接近するやりかたを独学でおぼえた。ときには、いかなる場合でも、膝の高さよりも上に体が持ちあがらないようにして、数十キロメートルを一センチ刻みで這《は》い進んだ。地形が変わるたびに服につける擬装《カムフラージュ》を変えた。重いバックパックやロケット擲弾発射機をひきずって進むときには、存在を知られないように、痕跡《こんせき》をひとつ残らず消すように気をつけた。

戦士のひとり、アルビール出身のサドゥーン・サリフという元警察官が、イチジクのチョコバーを折って、前を這い進んでいる人物のブーツを軽く叩き、差し出した。

「最後の一本です、隊長」サリフはささやいた。隊長と呼ばれた女性が、静かにしろという仕草をした――左手ではなく、ふつうなら手があるところに取り付けられた、熊手《くまで》のようなものをふった。熊手の向きが変わり、掌を差し出すような格好になったので、サリフはチョコバーをそこに載せた。女隊長がうなずいて謝意を示し、進みつづけた。

今回の偵察パトロールには五日分の糧食と水を携帯したが、付近の活動がかなり活発だったので、拠点に戻るのは控えようと、女隊長が決断した。持参した糧食は三日前に尽きた。一日の割り当てを信じられないくらい減らし、山野で手にはいるもの――ベリー、根、虫、危険を冒して接近したシンパの農夫や部族民からのほどこし――で代用しはじめ、渓流の水を汚れたハンカチで濾《こ》して飲んだ。

だが、いまでは軍事活動の全貌を女隊長はつかんでいた。ディヤルバキル攻撃の報復にトルコ国家憲兵のならず者がクルド人の村を襲う、というような程度の活動ではなかった。トルコ軍は田園地帯に小規模な射撃陣地を設けていた。トルコは国家憲兵を応援するために、正規軍を投入しているのか？

目を見張るようなミサイル二基同時発射を前夜に観察したことで、分隊は偵察パトロールの計画を変更した。トルコがクルド人の村やＰＫＫの訓練キャンプを砲撃したり、空爆したりするのは見慣れていたが、それは砲兵レベルの兵器ではなかった。そのミサイルは、砲弾やロケット弾とはちがって、弾道を描かず、上昇中に機動を行ない、上空で炸裂した。トルコ軍はあらたになんらかの兵器を戦場に持ち込んでいる。トルコ - イラク国境沿いに多数の陣地を建設していることと、あきらかに関わりがある。それを調べあげるのが、女隊長と分隊の仕事だった。

飲み水と身を隠すことにくわえて、戦士たちにとってもっとも重要な対策は、夜目を守ることだった。戦士たちは全員、レンズの赤いゴーグルを携帯していた。目標に近づけば近づくほど、夜目を損ねないように、ゴーグルを使う度合いが増えた。目標の周辺防御には携帯式投光照明があって、外側に向けてあるからだ。逆光のなかで見ると、光の向こう側の野営地は闇に沈む。不思議な戦術だと、女隊長は思った。トルコ軍には暗視装置があるはずなのに、ここではそれを使っていない。

罠《わな》かもしれないが、こんな絶好の機会を見逃すことはできない。

分隊を率いていたジラール・アッザーウィは、射手《シューター》たちに、前進するよう合図した。彼らが散開して位置につくあいだに、アッザーウィは双眼鏡で周辺防御を監察した。投光照明と投光照明の中間に、約二〇メートルの間隔で、砂嚢《さのう》を積みあげて遮蔽した射撃陣地がある。六〇メートル右には、砂嚢と丸太で強化したトラックの出入口があり、右側がグリーンの合板のあおりで厳重に護られている兵員輸送トラックがそこをふさぎ、すぐに移動できるドアの役目を果たしていた。砂嚢の陣地のあいだには、細い杭《くい》で固定されている高さ一五〇センチの華奢《きゃしゃ》な金網が一重あるだけだった。恒久的な野営地の体裁をなしていない。とにかく、いまはまだ未完成だ。

それに乗じるには、いまが絶好のタイミングだった。

アッザーウィは、分隊の準備が整うのを待ち、素朴な韓国製のハイキング用ウォーキイトーキイを出して、送信ボタンを一度カチリと動かしてから、間を置いて二度動かした。ほどなくカチカチと応答があり、つづいて三度カチリと鳴った。アッザーウィは三度カチリと鳴らして返信し、ウォーキイトーキイをしまった。そして、左右の仲間の腕にそっと触れて、無言で〝用意しろ〟の合図を伝えた。

頭を下げて目を閉じ、小声で「なるようになれ」とささやいた。死んだ夫と息子たちのことを考え、つかのまじっとしていた——そうすると、怒りがジェットエンジンのようなエネルギーとなって全身を衝き動かし、アッザーウィはなめらかな動作で軽やかに立ちあがった。RPG‐7ロケット擲弾発射機を構え、砂嚢で護られた向かいの射撃陣地に向けて発射した。アッザーウィの擲弾が命中するのとほとんど同時に、分隊の戦士たちが他の陣地に向けて射撃を開始し、あっというまに周辺防御の一面全体が破られた。そのとき、アッザーウィの指揮下にあるべつの二個分隊が、野営地のべつの側面からロケット推進擲弾で攻撃を開始した。

攻撃側が野営地内を見るのを阻んでいた投光照明が、いまでは戦士たちに優位をもたらしていた。生存者や反撃しようとしているトルコ兵が、その光に照らし出され、はっきりと見えていたからだ。アッザーウィの狙撃手《スナイパー》チームが、ひとりひとりを狙い撃ちはじめたので、トルコ軍は周辺防御を捨てて、野営地の奥の闇に逃れなければならなかった。アッザーウィはRPGを投げ捨て、ウォーキイトーキイを出して叫んだ。「前進！」ＡＫ‐47アサルト・ライフルを持ち、甲高く叫んだ。「ついてきなさい！」腰だめで発砲しながら、野営地に向けて駆け出した。

投光照明に照らされている地帯を野営地まで一気に走るしか、方法はなかった——野営地にいるものからは、格好の的になる。だが、バックパックと擲弾発射機を置いてきたし、恐怖のせいでアドレナリンが全身を駆けめぐっていたので、五〇メートルの疾走もあっけないものだった。というより、驚いたことに、敵の抵抗は軽微だった。

破壊した射撃陣地に何人かが死んで転がっていたが、地雷起爆装置、対戦車兵器、重機関銃、敵弾発射機はなく、あるのは歩兵用の小火器だけだった。危険があるとは予想していなかったのか、あるいはきちんと設営する時間がなかったのだろう。建築資材、コンクリート、骨組みの材木、工具が近くに積んであることも、その推理を裏付けた。

まばらな銃撃戦が五分もしないうちに終わり、アッザーウィの指揮下の三個分隊が集合した。どの分隊も割合楽々と進撃していた。アッザーウィは戦士ひとりひとりと握手をしてねぎらってからきいた。「死傷者は？」

「ひとり死亡、三人負傷です」第一分隊長がいった。「捕虜十七人。うちひとりは将校です」もうひとりの分隊長が、同様の報告をした。

「われわれは四人負傷、捕虜八人です」アッザーウィの副隊長のサリフがいった。

「ここはなんですかね、隊長？　やけに楽でしたが」

「やるべきことを先にやりなさい、サドゥーン」アッザーウィはいった。「敵のパトロールが戻ってきた場合に備え、周辺防御を配置して」サリフが走り去った。第二分隊長に向かって、アッザーウィはいった。「将校を連れてきて」顔をスカーフで覆った。

　捕虜の将校は、トルコ陸軍大尉だった。右二頭筋の大きな傷口を左手で押さえ、血がそこからどくどくと流れ落ちていた。「救急用品を持ってきなさい」アッザーウィはアラビア語で命じた。将校にはトルコ語できいた。「名前、部隊、この施設の目的、大尉、さっさといいなさい」

「おまえらはおれの腕を吹っ飛ばしそうになった！」大尉がわめいた。

　アッザーウィは、左腕をあげ、袖をまくって、間に合わせの義手をあらわにした。

「どういう感じか、あたしにははっきりとわかっている」アッザーウィはいった。「トルコ空軍があたしになにをしたか、見るがいい」薄暗がりでも、大尉が驚いて目を丸くするのがわかった。「あたしの夫や息子は、こんなものではすまなかったんだよ」

「あんたは……バーズか！」大尉が息を吐いた。「噂はほんとうだったんだ……！」

アッザーウィは、顔からスカーフをはずし、汚れてはいるが誇りに輝いている美しい顔を見せた。「名前、部隊、任務をいいなさい、大尉」ライフルを持ちあげた。「捕虜を抱え込みたくはないし、抱え込むこともできないのよ、大尉。答えなかったら、いまここで殺すと約束するわ」大尉が顔を伏せて、ふるえはじめた。「これが最後だよ。名前、部隊、任務」ライフルを腰に構え、大きなカチリという音をたてて安全装置を連射の位置に入れた。「いいだろう。おまえの上に平安があるように、大尉――」

「わかった、わかった！」大尉が叫んだ。実戦の経験がなく、訓練を受けていないことは明白だった――人が足りなくなって徴兵された事務屋か研究員かもしれない。「名前はアフメト・ヤキス。第二三通信中隊、D《デルタ》小隊。任務は通信設備を設置すること。それだけだ」

「通信？」通信中継施設だとしたら、警備がゆるく、準備が杜撰《ずさん》なのも説明がつくかもしれない。「目的は？」

そのとき、副隊長のサドゥーン・サリフが駆け寄ってきた。「隊長、見てもらいたいものがあります」息を切らして、サリフがいった。アッザーウィは、捕虜の大尉に包帯をして、しっかりと見張るよう命じて、走っていった。野営地中にのびていたケーブルを、何度も跳び越えなければならなかった。やがて、大きな鋼鉄のコンテナのようなものを積んだ大型トラックが目にはいった。ケーブルのほとんどが、そこに接続されていた。ふたりはケーブルの束をたどって、低い丘を登り、カムフラージュのネットをかけた広い囲い地に出た。

囲い地には大型の輸送トラックがとまっていた。低い鋼鉄のあおりが平らな荷台を囲み、道路を移動できるように折り畳んだアンテナが二本、荷台に積んであった。

「これは、あの大尉が設置しているといった通信アンテナよ」アッザーウィはいった。

「ほんとうのことをいっているようね」

「そうとはいい切れませんよ、隊長」サリフがいった。「おれがこの装置を見分けられたのは、イランのイラク侵攻に対する護りとしてこれを設置する米軍の車列を、故郷で護衛したことがあるからです。これはアンテナ・マスト・グループという設備です。マイクロ波のコマンド・シグナルをレーダー基地からミサイル発射場へ送信するものです。あっちのトラックは発電機です……いずれもペトリオット対空ミサイル中隊のための」

「ペトリオット・ミサイル中隊?」アッザーウィは、大声でいった。

「あの連中は、ペトリオット・ミサイル中隊の基地局を設営する先遣チームにちがいありません」サリフがいった。「広い範囲に設置された発射機を何台も制御できるように、つぎは馬鹿でかい平面レーダーや管制局を持ってくるはずです。どこにあっても運用できます」

「でも、いったいどういうわけで、トルコがここに対空ミサイル陣地を築こうとしているのよ?」アッザーウィはきいた。「イラクのクルド政府が空軍を編成したというのならべつだけど、だれに対する防御なの?」

「わかりません」サリフがいった。「しかし、だれであろうと、トルコの上空を飛んでいるやつらにちがいない。昨夜もトルコは撃墜したということですからね。何者なんでしょう?」

「何者でも関係ない――そいつらがトルコと戦っているのなら、わたしにとってはそれでじゅうぶんよ」アッザーウィはいった。「このトラックに乗って帰りましょう。どんな価値があるのかは知らないけど、真新しいみたいだから、あたしたちが使えるかもしれない。とにかく帰るのに歩かずにすむ。今夜はよくやったわね、サドゥーン」

「ありがとうございます、隊長。強力な指導者のもとで働けてうれしいです。でも、トルコ軍にたいした損害をあたえることができなくて、残念でした」

「どんな小さな傷でも、やつらはすこしずつ弱る」アッザーウィはいった。「あたしたちは少数だけど、こういう小さな傷をつけるのをつづけていれば、いずれ勝利がもたらされる」

その日の後刻
トルコ共和国　アンカラ　大統領官邸

「仮報告は事実でした」トルコ国家安全保障評議会事務総長オルハン・サヒン大将が、濃い砂色の髪を片手で梳《す》きながらいった。「PKKのテロリストどもは、ペトリオット地対空ミサイル中隊の構成機器《コンポーネント》をいくつか盗みました。具体的にいうと、アンテナ・マスト・グループ、発電機、ケーブルなどです」

「信じられん。とうてい信じられん」クルザト・ヒルシズ大統領はつぶやいた。イラク侵攻作戦の計画更新のために国家安全保障評議会をひらいたのだが、日増しに状況は悪化し、統制が失われるおそれが大きくなっていた。「なにがあった？」

「昨夜の日没直後、〝鷹〟と呼ばれるテロリスト・コマンドウ指導者が率いていたというPKK小隊が、ベユトゥッセバプの町の近くで設置中だったペトリオット中隊本部陣地を攻撃しました」サヒンがいった。「テロリストは五人を殺し、十二人を負傷させ、あとのものを縛りあげました。わが軍の兵士と技術員の数は減っていませんでした。——やつらは捕虜を連れていきませんでした。つまり、監視チームかパトロールで、打撃部隊ではなかったのです。展開が容易なようにトラックに積んであった、ペトリオット・ミサイル中隊の主要コンポーネントが、持ち去られました。本部陣地から離れた発射機と通信するのに必要な部品です。さいわい、本部車両と移動式ミサイル発射機は、まだ配備されていませんでした」

「だからよかったと思えとでもいうのか？」ヒルシズはどなった。「警備隊はどこにいた？　いったいどうしてこんなことになった？」

「陣地はまだ設営の途中で、周辺防御柵は完成しておらず、中隊も展開していませんでした」サヒンはいった。「ほんの少数の警備隊がいただけです——あとは前夜の射撃で撃墜した不明機の残骸の捜索に出かけていました」

「なんということだ」ヒルシズは、息を吐き出した。アカス首相のほうを向いた。

「われわれはなんとしてもこれをやらなければならない、アイシェ。即刻、実行する」アカスにそう断言した。「イラク侵攻作戦を早める。非常事態を宣言したい。クルディスタン労働者党とトルコの近隣諸国の関係組織に対する宣戦布告を行なうと、大国民議会を説得してもらわなければならない。予備役招集命令を発布する」

「正気の沙汰《さた》ではありませんよ、クルザト」アカスがいった。「非常事態を宣言する理由がありません。だれだろうと、そういう噂を立てたら、投獄すべきです。それに、民族集団に対して宣戦布告を行なうことはできません。ナチス・ドイツではないのですから」

「関与したくないのであれば、首相、辞任すべきでしょう」ハサン・ジゼク国防相がいった。「他の閣僚はすべて大統領に同意している。全力をあげて進めているこの作戦を、あなたは邪魔している。われわれは、国家安全保障評議会とトルコ国民の協力を必要としている」

「わたしはこの計画に反対です。内密に話をした議員たちも、わたしとおなじ考えです」アカスはいった。「PKKの攻撃にはだれもが憎しみと腹立ちをおぼえていますが、イラク侵攻はその問題の解決にはならない。それに、辞めなければならない閣僚がいるとすれば、それはあなたのほうですよ、国防相。PKKは国家憲兵に浸透し、貴重な兵器を盗み、国中でわがもの顔にふるまっている。わたしは辞任するつもりはありません。ここで理性的な意見がいえるのは、わたしだけのようですね」

「理性？」ジゼクがわめいた。「トルコ人が虐殺されているあいだ、あなたは会議をひらいたり交渉をしたりしている。それのどこが理性的なんだ？」ヒルシズ大統領のほうを向いた。「こんなことは時間の無駄です、大統領」うなるようにいった。「首相はぜったいに従いませんよ。首相は考えもなくイデオロギーに凝り固まった愚か者です。共和国を護るために正しいことをせず、妨害するばかりです」

「よくもそんなことがいえるわね、ジゼク？」ジゼクの言葉に啞然として、アカスは叫んだ。「わたしはトルコ首相なのよ」

「わたしのいうことをよく聞け、アイシェ」ヒルシズがいった。「きみ抜きではこれをやることができない。わたしたちは長い歳月、ずっと中央政界でいっしょにやってきた。大国民議会でも大統領府でも。われわれの国は敵に包囲されている。話し合いだけではどうにもならない」

「約束します、大統領。ＰＫＫを阻止するためにわたしたちが支援を必要としていることを、国際社会に認識してもらうために、わたしは全力を尽くします」アカスはいった。「憎しみと腹立ちで誤った決断や性急な行動に至らないようにしてください」

アカスは、ヒルシズに近づいた。「共和国がわたしたちを頼りにしているんですよ、クルザト」

ヒルシズは、何日も殴られ、拷問されていた男のように見えた。ヒルシズはうなずいた。「きみのいうとおりだ、アイシェ。共和国がわれわれを頼りにしている」トルコ共和国軍参謀長アブドゥッラー・グズレヴ大将のほうを向いた。「やってくれ、将軍」

「かしこまりました」グズレヴがいい、大統領のデスクへ行って、受話器を手にした。

「なにをやるんですか、クルザト?」アカスがきいた。

「部隊の展開を早める」ヒルシズがいった。「作戦を開始する準備が数日後に整う」

「大国民議会による宣戦布告なしで、軍事攻勢を開始することはできません」アカスがいった。「はっきり申しあげますが、まだ票が集まっていません。もうすこし時間をください。かならず説得できると――」

「票は必要ではない、アイシェ」ヒルシズがいった。「わたしが非常事態を敷き、大国民議会を解散するからだ」

衝撃のあまり、アカスの目が飛び出しそうになった。「なんですって……?」

「わたしたちに選択の余地はないんだ、アイシェ」

「わたしたち? 大統領の軍事顧問のことですか? オゼク将軍のことですか? いまは彼らが大統領の顧問なのですか?」

「状況が行動を要求しているのだ、アイシェ。話し合いではだめなのだ」ヒルシズがいった。「きみが手伝ってくれるのを期待していたが、きみなしでも行動するつもりだ」

「やめてください、クルザト」アカスはいった。「深刻な状況だというのは、わかっていますが、性急な決断は避けてください。アメリカや国連の支援を取り付けます。いずれもわたしたちに同情的です。アメリカの副大統領は、話を聞いてくれるでしょう。しかし、大統領がこれをやったら、あらゆる方面の支援を失いますよ」

「悪いが、アイシェ」ヒルシズがいった。「もう決まったことだ。きみが望むなら、大国民議会や最高裁に報せればいい。あるいはわたしが報せる」

「いいえ、それはわたしの責任です」アカスはいった。「トルコ国民多数がＰＫＫによって命を落としていることについて、大統領が苦しんでおられることを、彼らに伝えます」

「ありがとう」

「大統領が怒りと焦燥によって、勝機を失い、血に飢えていることも伝えます」アカスはいった。「軍事顧問たちが、大統領が聞く必要がある事柄ではなく、大統領に聞かせたい事柄を告げていることも伝えます。いまの大統領は本来の状態ではないと伝えます」

「それはやめろ、アイシェ」ヒルシズがいった。「それはわたしとトルコに対する不忠だ。わたしは、やらなければならないことだし、自分の責務だから、これをやろうとしているのだ」

「自分ひとりが責務を担っていると断言するのは、いわゆる狂気のはじまりではありませんか、クルザト？」アカスは問いかけた。「独裁者や圧制を敷く人間は、みんなそういうのではありませんか？　一九八〇年にケナン・エヴレン（一九八〇年に軍事クーデターを起こし、七代大統領に就任した）がいい、その前にターマチュ（一九七一年に軍事クーデターを起こした）がいった言葉ですよ。大国民議会を解散し、軍事クーデターを起こす前に。地獄に落ちればいいわ」

5

トンネルの向こうに光が現われるのを待ってはいけない――大股で進み、自分で明かりをつけるのだ。

――ダラ・ヘンダーソン　ライター

翌日
イラク　ナフラ連合軍航空基地

「アンカラは完全な混乱状態なのよ、副大統領」ワシントンDCの国務長官室にいるステイシー・アン・バーブーが、秘話衛星テレビ会議でいった。ケン・フィニックス副大統領、イラクの指導者たち、バグダッドの駐イラク大使にくわえ、モスルの北にある町に近いナフラ連合軍航空基地のジャック・ウィルヘルム大佐も、会議に参加していた。「米軍機がトルコ領空を侵犯したとして、トルコ首相本人がうちの大使を呼び出して叱責《しっせき》したのよ。でも、大使はいま、控えのオフィスにいて、厳重に警護されている。治安が悪化しているからよ」

「大使館はどういっているんだ、ステイシー?」フィニックスはきいた。「大使と連絡はとれているのか?」

「携帯電話がつながらなくなっているけれど、非常事態が宣言されるという噂が流れてから、ここ数日は通信途絶が常態なのよ、副大統領」バーブーはいった。「国営ラジオとテレビは、ヒルシズ政権支持と反対のデモが多数行なわれているが、ほとんどは平和的だし、警察が処理していると報じている。これまでのところ、軍は静かにしている。首相官邸近くで銃撃事件が起きたけれど、大統領は無事だし、きょうのうちに国民に向けた演説が行なわれると、大統領警護隊が報告している」

「こっちのバグダッドの大使館が報告していることと、おおむね一致している」フィニックスはいった。「イラク政府は、不明瞭な報道に懸念を抱いているが、即応態勢のレベルはあげていない」

「イラク‐トルコ国境で起きたことについて、説明してもらう必要があるわ、ウィルヘルム大佐」バーブーはいった。「領内でアメリカの無人スパイ機を撃墜したと、トルコは主張していて、激怒している」

「無人もしくは有人の米軍機はまったく関与していないと、みなさんに断言できます、国務長官」ウィルヘルムがいった。「それに、一機も損耗しておりません」

「あなたのところの受託業者のものも含めて？」バーブーは、暗にとがめるようにきいた。

「そうです」

「国境付近に偵察機を飛ばしているのはだれなの？ サイアン・エヴィエーション・インターナショナルのチームなんでしょう？」

「はい、国務長官。大型できわめてハイテクの長距離偵察機二機を運用し、それを支援する小型の無人機一機も使用しています」

「その会社の代表と、いますぐ話がしたい」

「待機していますよ。将軍」

「将軍？」

「サイアンの社員は、元空軍将官です、国務長官」ウィルヘルムがそういうと、バーブーは困惑して目をしばたたいた——その情報を知らなかったことは明らかだった。

「受注業者はたいがい退役もしくは除隊した軍人です」

「それで、そのひとはどこにいるの？ あなたといっしょにそこで作業しているんじゃないの、大佐？」

「彼はこの指揮統制センターで仕事をしていないんです」ウィルヘルムは説明した。「飛行列線にいます。自分たちの航空機を指揮統制センターや、残っているわれわれの数少ない資産とネットワークで接続しています」

「あなたの説明はぜんぜんわからない、大佐」バーブーは文句をいった。「サイアンのそのひとが頭がよくて、ちゃんとした答をいってくれるのを期待するわ。早くそのひとを呼び出してちょうだい」

そのとき、新しいウィンドウがテレビ会議の画面にぱっと現われ、白いワイシャツの上に薄手のグレーのベストを着たパトリック・マクラナハンが、カメラに向かってうなずいた。「サイアン・エヴィエーション・インターナショナルのパトリック・マクラナハンです。秘話でつながっています」

「マクラナハン?」バーブーは馬鹿でかい声をあげ、椅子から腰を浮かしかけた。「パトリック・マクラナハンが、イラクで国防受託業者をやっているの?」

「お目にかかれてうれしいですよ、国務長官」マクラナハンはいった。「ターナー国防長官がサイアンの経営陣について説明したと思っていたのですが」

バーブーが落ち着きを保つのと随意筋をコントロールするのに苦労しているのを見て、マクラナハンは笑みを押し殺した。最後にふたりが会ったのは二年ほど前で、当時のバーブーはルイジアナ州選出の古参上院議員で、上院軍事委員会の委員長をつとめていた。マクラナハンは、アームストロング宇宙ステーションに軟禁されたような状態だったが、ひそかに地球に戻り、ＸＲ‐Ａ９ブラック・スタリオン宇宙機にバーブーを乗せるよう手配し、ネヴァダ州のエリオット空軍基地からメリーランド州のパタクセント・リヴァー海軍航空基地へ運ばせた——そのフライトには、二時間もかからなかった。

もちろん、バーブーにはそのフライトの記憶はない——マクラナハンはハンター・〝ブーマー〟・ノーブルに指示して、ラスヴェガスの豪華ホテルでバーブーを誘惑させ、睡眠薬を飲ませて、短い宇宙飛行を経験させた。

マクラナハンの配下のティン・マンとサイバネティック歩兵装置のコマンドウたちが、そこからキャンプ・デイヴィッドの大統領別荘に運び、そこでシークレット・サーヴィスの警護官と米海軍の警備チームを眠らせ、バーブーとジョーゼフ・ガードナー大統領が、アメリカ宇宙防衛軍の男女将兵の将来について対決するように仕組んだ。大統領はロシアとの和平のために、その部隊を犠牲にするつもりだった。マクラナハンはガードナーを脅して、ロシアとの秘密取引を暴露しないことを条件に、ガードナー政権下で軍務に服したくない人間が名誉除隊することを認めさせた。

……さらに、残っていたティン・マン六台とサイバネティック歩兵装置およびそれらのスペアパーツ、兵装パック、今後製造するのに必要な設計図を持ち去るにあたって、ガードナーを協力させた。それらの先進的な装甲歩兵戦闘力向上システムは、ロシア軍やイラン軍ばかりではなく米海軍SEALをも打ち負かす能力があることが、すでに実証されていた。世界一警備の厳重な大統領別荘に忍び込むこともできた——ガードナー大統領が、いわゆるマクラナハン問題を解決しようとしたときには、それが強力な応援になるはずだと、マクラナハンは考えていた。

「なにか問題があるのかな、国務長官？」フィニックス副大統領がきいた。「マクラナハン将軍に会ったことがあるのは知っているが」

「正式に通知し、書類にも記入してあったはずですよ——空軍民間増強局を通じて、わたしが直接手続きをしました」マクラナハンはいった。「利益相反はなく——」

「話を先に進められないの？」バーブーが、うろたえたようすで口走った。マクラナハンは、内心で笑みを浮かべた。バーブーのように老練なプロの政治家は、心底ショックを受けても、すぐに自分を現実の世界に引き戻すすべを知っている。「将軍、元気な姿を見て、ほんとうにうれしいわ。わたくしも迂闊《うかつ》だったわ。あなたのようなひとは、退役してもポーチでロッキングチェアに座っているわけがないものね」

「わたしのことをじつによくご存じですね、国務長官」

「それに、あなたが仕事をやり遂げるのに熱心なあまり、境界線を踏んだり、ときには一歩か二歩踏み越えるのにやぶさかでないことも知っているわ」バーブーが、ずばずばとつづけた。「無人機とおぼしいステルス機が、許可なく領空を飛行したという苦情が、トルコ政府から来ているのよ。失礼ですけれど、将軍、あなたの指紋があちこちにべったりと残されているの。具体的に、どういうことをやったの？」

「サイアンは、イラク‐トルコ国境地帯での監視、情報収集、偵察、データ通信中継支援サービスを改善する仕事を請け負っています」マクラナハンはいった。「この任務にわれわれが使用する主要運搬体《プラットホーム》は、XC‐57多機能輸送機です。ターボファン・ジェットエンジン搭載の有人もしくは無人機で、任務モジュールを積み替えることで機能を変更できます。さらに小型の無人機もあり、これは——」

「さっさと肝心な話をしなさい、将軍」バーブーが、語気鋭くいった。「イラク‐トルコ国境を越えたの、それとも越えなかったの？」

「いいえ、越えていません——ともかく、航空機では」

「いったいどういうこと？」

「トルコ軍は、フェイズドアレイ・レーダーを通じてペトリオットの目標捕捉追尾コンピュータにわれわれが挿入した偽ターゲットに向けて、ミサイルを発射したんです」マクラナハンはいった。

「やっぱり！　あなたはトルコ軍を挑発して、ミサイルを発射させたのね！」

「われわれが請け負った偵察任務には、責任地域のすべての脅威を分析し、分類することが含まれていました」マクラナハンは説明した。「ザフークの第二連隊に対する攻撃後、トルコ軍と国境警備隊は脅威だと、わたしは判断しています」

「念を押すまでもないと思うけれど、将軍、トルコは重要な同盟国なのよ。NATOでもその地域全体でも——敵ではないのよ」バーブーは、かっとしていった。だれをほんとうの敵と見なしているかは、傍目《はため》にも明らかだった。「同盟国はおたがいのレーダーを欺瞞《ぎまん》するようなことはやらない。一基二百万ドルのミサイルに幻の映像を追わせたり、すでに恐怖が危機的なレベルに達している地域で不信や恐怖を煽《あお》ったりはしない。新しいがらくたをテストしたり、投資家にちょっと儲けさせたりするだけのために、あなたがわたしたちの外交努力を損ねるようなことを、許すつもりはないわ」

「国務長官、トルコはペトリオット・ミサイル中隊をかなり西に移動し、イランだけではなくイラクに対抗しようとしています」マクラナハンはいった。「トルコはそのことをわれわれに通知しましたか？」

「あなたの質問に答えるために、わたくしはここにいるわけではないのよ、将軍。あなたがわたくしの質問に答えなさい……！」

「国務長官、トルコ軍にザフークの第二連隊を攻撃するのに使用したのと同種の長射程砲撃システムがあることも、われわれは知っています」マクラナハンは、話をつづけた。「トルコがなにを計画しているのかを、突き止めたいのです。トルコ軍上層部の大々的な入れ替えにつづき、駐トルコ大使館との連絡がとれなくなっている。なにかが起きている。おそらく重大なことが。わたしは進言します――」

「失礼、将軍、わたくしはあなたの進言を聞くためにこの会議に参加しているわけでもないのよ」バーブー国務長官がさえぎった。「あなたは閣僚でも補佐官でもなく、民間の受託業者《コントラクター》なのよ。わたくしの話をよく聞きなさい、将軍。あなたの追跡データ、レーダー画像、その他、あなたの会社が契約してからいままでに集めたものをすべて、わたくしに――」

「申しわけありませんが、あなたには渡せません」マクラナハンはいった。

「なんですって？」

「いまもいったとおり、国務長官、どれもあなたには渡せません」マクラナハンはくりかえした。「それらのデータは、米中央軍のものです――そちらに渡すよう頼んでください」

「わたくしを相手に駆け引きをするのはやめなさい、マクラナハン。あなたがトルコに対してやったことを、わたくしはこれから釈明しなければならないのよ。どうやらこの一件も、コントラクターが埒を越えて、勝手な行動にはしったということのようね。あなたたちの行動によってトルコに請求されるコストは、アメリカ財務省ではなくあなたたちのポケットから出してもらいます」

「それを判断するのは裁判所ですよ」マクラナハンはいった。「それまでは、われわれが集めた情報は中央軍、もしくは情報を受け取ることになっている当事者、たとえば第二連隊のものです。だれに渡すかは、彼らが決める。その他の情報や知見で、政府との契約に含まれていないものは、サイアン・エヴィエーション・インターナショナルのものであり、契約もしくは裁判所命令がないかぎり、だれにも公表することはできません」

「わたくしに対して強腰に出たいのなら、それはそれで結構」バーブーが、吐き捨てるようにいった。「あなたの目がまわるくらい早く、あなたとあなたの会社に訴訟を叩きつけるわ。その前にターナー国防長官に進言して、二度とこういうことは起きないとトルコ政府を納得させるために、あなたたちとの契約をいっさい破棄してもらうわ」マクラナハンは黙っていた。「ウィルヘルム大佐、べつのコントラクターに依頼するまで国境付近の治安活動をあなたの部隊に担当させるようにと、国防総省に進言します。そういう趣旨の命令が届くまで待機して」

「かしこまりました」バーブーが、カメラの前を手の甲で払うような仕草をした。バーブーの画像が消えた。「やれやれ、将軍」ウィルヘルムが腹立たしげにいった。「不意打ちを食らったよ。交替が到着するまで何週間もかかるし、装備を取り戻して荷解きし、またパトロールの予定を組まなければならない」

「何週間もの余裕はない、大佐。何日かでことは決する」マクラナハンはいった。

「副大統領、外交問題を引き起こしたことはお詫びしますが、かなり情報が集められました。トルコは重要な作戦のたぐいに備えて、部隊を増強しています。われわれはそれに備えなければなりません」

「どういうふうなことに？　イラク侵攻というのが、きみの推理だったな？」

「そうです」

「どうして侵攻が差し迫っていると考えたんだ？」

「さまざまなことが起きています」マクラナハンは答えた。「サイオンのアナリストは、モスルやアルビールまで三日で進撃できる拠点に、国家憲兵二万五千人が配置されていると判断しています。さらに三個師団——正規軍の歩兵、機甲、砲兵十万人——が、一週間で進撃できる位置にいます」

「三個師団？」

「そうです——イラクの自由作戦の最盛期にアメリカがイラクに配置した兵員に近い数です。ただし、トルコ軍はイラクの北に集中しているところがちがいます」マクラナハンはいった。「これらの地上軍は、ロシアとドイツの中間規模に達している、レベルの高い先進的な空軍に支援されています。トルコ軍は攻撃態勢にあると、サイオンでは確信しています。トルコ軍上層部では先ごろから辞任が相次いでいますし、直近ではアンカラの大使館と連絡がとれず、首都が混乱状態にあることが、わたしの懸念を裏付けています」

テレビ会議の向こう側で、長い沈黙が流れた。フィニックス副大統領が椅子にもたれて、顔と目をこすっているのを、マクラナハンは見た――困惑、怖れ、疑念、信じられないという思い、あるいはその四つが入り混じっているのか、判断がつかなかった。やがて、副大統領がいった。「将軍、きみがホワイトハウスに勤務していたころは、よく知らなかった。知っていたのは、オーヴァル・オフィスや閣議の間で聞いたことだけだ。たいがいだれかが長々ときみをこきおろしていた。きみにはふたつの点では定評がある。おおぜいを怒らせるいっぽうで……タイミングよく正しい分析を行なう。

わたしは大統領と話をして、ヒルシズ大統領とアカス首相と会見するために、バーブー国務長官とわたしをトルコに派遣するよう進言する。謝罪は国務長官に任せればいい。わたしはヒルシズ大統領に、実情を問いただし、大統領の立場が政治と国家安全保障の両面でどういう状況なのか、アメリカはどう助力できるかをきく。手に負えない状況になっているのは明らかだし、PKKをテロリスト集団だと名指しするだけではどうにもならない。トルコ共和国を助けるのに、もっと手を尽くす必要がある。

きみがイラク‐トルコ国境で監視作戦をひきつづき行なうのを許可するように、とも進言するつもりだ」フィニックスはなおもいった。「大統領は渋るだろうが、ウィルヘルム大佐は手配に何週間もかかるといっているから、ほかに方策はない。ただ、国防総省かホワイトハウスの承認なしにネトルージョンのたぐいをトルコに仕掛けるのは、やめてくれ。いいな？」

「わかりました」

「よし。ウィルヘルム大佐、バーブー国務長官はきみの指揮系統とは無関係だし、わたしもおなじだ。きみは従来の命令に従うべきだろう。しかし、マクラナハン将軍の推理が現実になった場合に備え、防御を固め、あらゆる事態に備えることを勧める。警戒を要する情報をきみたちがどれほど得ているのかは知らない。ややこしいことになってすまないが、よくあることだ」

「たいがいはよくあることですよ、副大統領」ウィルヘルムがいった。「ご意向は、よくわかりました」

「また連絡する。ありがとう、諸君」副大統領がカメラから見えないだれかにうなずき、迷いと不安のにじむ顔が消えた。

その直後
ワシントンDC　ホワイトハウス
オーヴァル・オフィス

「パトリック・マクラナハンがイラクにいるのよ！」ステイシー・アン・バーブー国務長官が、金切り声をあげながら、猛烈な勢いでオーヴァル・オフィスにはいっていった。「フィニックスや陸軍とのテレビ会議で、たったいま話をしたのよ。マクラナハンは、イラク北部全域の空中偵察を指揮している。あの男がイラクに現われたのを、わたくしたちが知らなかったのは、どういうわけなの？」

「落ち着け、ステイシー・アン。落ち着け」ジョーゼフ・ガードナー大統領がいった。ネクタイをゆるめ、椅子にもたれて、笑みを浮かべた。「きみは怒っていると、いっそうきれいになるね」

「マクラナハンをどうするつもり？　姿を消してヴェガスのコンドミニアムかなにかに引っ越し、子供と遊んだり、フライフィッシングかなにかをしたりしていると思っていたのに。姿を消さないどころか、イラクとトルコのあいだに悶着を引き起こしているのよ」

「わかっている。コンラッドから説明を受けた。やつはまさにそれをやっている、ステイシー。やつのことは心配するな。遅かれ早かれ、またやりすぎるにきまっている。そうしたら裁判にかける。あいつはもうハイテク空軍を使って戦うことはできない」

「わたくしの話を聞いていなかったの？　マクラナハンは任務データを国務省に渡すのを拒否したのよ！　わたくしはあいつを刑務所にぶちこみたい、ジョー！」

「落ち着けといっているじゃないか、ステイシー」ガードナーはいった。「マクラナハンの名前がマスコミでまた取りざたされるのは避けたい。みんなやつのことは忘れているから、そのままにしておいたほうがいい。偽のレーダー画像を紛れ込ませてトルコを騙したとして、連邦裁判所で裁いたら、やつはまたマスコミのヒーローになってしまう。やつがほんとうにまずいことをするまで待ち、それから首根っこを押さえつけるほうがいい」

「あの男は凶報そのものよ、ジョー」バーブーはいった。「あいつはわたくしたちに恥をかかせ、わたくしたちの上でクソを垂れて、そのクソをわたくしたちの鼻になすりつけたのよ。それがいま、政府から巨額の契約を取り付けて、イラク北部を飛びまわっている」すこし間を置いてからきいた。「あいつはまだあのロボットを持っているのね？　ほら、あの……」

「ああ、そうだ。まだ持っている」ガードナーはいった。「わたしは片時も忘れたことはない。ＦＢＩにタスク・フォースを立ちあげて、全世界の警察の目撃情報を精査させている。マクラナハンがイラクにいるとわかったから、捜索範囲をそこまでひろげよう。かならずひっ捕える」

「あの男があれを持っているのをあなたが許した理由が、まったくわからないわ。マクラナハンのものではなく、アメリカ政府のものでしょう」

「理由はわかっているはずだ、ステイシー」ガードナーはいらだたしげにいった。「マクラナハンは、わたしたちの政治生命をたちどころに終わらせかねない情報をつかんでいる。ロボットは口封じの代償としては、安いものだった。やつがロボットで街を破壊するか、銀行強盗でもやったら、見つけ出すのを最優先にするだろうが、FBIのタスク・フォースは目撃情報もそれに類する情報も、なにひとつ報告してきていない。マクラナハンは抜け目なく隠匿している」

「あんなロボットや装甲スーツだかなんだかみたいな強力なものを持っているのに、どうして使わないのか、理解できないわね」

「いまもいったように、マクラナハンは抜け目がない。だが、マクラナハンがあれを持ち出したらすぐさま、わたしのタスク・フォースがマクラナハンを急襲する」

「どうしてそんなに手間取っているの？　ロボットは身長が三メートルもあって、戦車なみに強力だったのよ！　マクラナハンはロシア大統領が私邸にいるところをそれで暗殺し、それからキャンプ・デーヴィッドに侵入するのにも使ったのよ！」

「わずかな数しかないし、説明によれば小さく折り畳めるから、隠すのは簡単だ」ガードナーはいった。「しかし、まだ発見されていない理由は、マクラナハンに強力な友人がいて、捜査官の注意をそらすのに手を貸しているからだと思う」

「たとえばだれ？」

「わからない……まだ」ガードナーはいった。「政治的影響力を持っている何者かだ。偵察機のようなハイテク機器を買うよう投資家をそそのかすことができ、議会と国防総省に顔がきいて、受託業者との契約を結ばせ、科学技術製品の国外持ち出し禁止法を迂回《うかい》させることができるような人物だ」

「その契約を破棄して、マクラナハンが荷物をまとめるよう仕向けたらどうなの。あの男は危険よ」

「やつはわれわれの邪魔をしているわけではない。やつがイラクで仕事をしているおかげで、撤兵を早めることができる――それに、ある朝、目が醒めたらロボットが寝室にいてわたしを見おろしている、というようなことは願い下げだ」ガードナーはいった。「マクラナハンのことはほうっておけ。いずれやつはドジを踏む。そのときに始末しよう……こっそりと」

翌早朝
トルコ共和国　ヴァン　国家憲兵《ジャンダルマ》東部方面本部

トルコの国内治安組織である国家憲兵の東部方面本部は、街の南東のヴァン空港の近くにある。ヴァン湖ともさほど離れていない。本部の主な施設群は、三階建てのビル四棟から成っている。四棟がこしらえる正方形の内側は広い中庭で、カフェテリアと休憩所が中心にある。駐車場を越えた北東に、角張った四階建てのビルがあり、そこは留置場だった。本部ビル群の南東には、兵舎、訓練所、運動場、射場がある。

本部ビルは、空港と街を結ぶ幹線道路のイペク・ゴル・アヴェニューに面している。本部は通過する車からの攻撃――たいがい石かゴミを投げつけられる程度だが、ときには窓を狙って拳銃で銃撃されたり、火炎瓶を投げられたりすることもある――にさらされるため、北西のイペク・ゴル・アヴェニュー、南西のスメルバンク・ストリート、北東のアヤク・ストリートは、高さ三メートルのコンクリート塀に護られている。絵やモザイクがほどこされた塀には、反国家憲兵のいたずら描きがある。その側の窓すべてに、防弾ガラスが使われている。

南東の側には、こうした防護のための塀はない。武器訓練の射場の銃声が、昼も夜も響いている。警察や国家憲兵の訓練生がたえずいるし、主施設群とは離れているので、周辺防御柵は高さ七メートルの金網にレザーワイヤを載せてあるだけだった。監視カメラとピックアップ・トラックに乗った游動《ゆうどう》パトロールが、そこを警備していた。本部施設の近辺は軽工業地帯だった。いちばん近い住宅地は四ブロック離れた集合住宅群で、国家憲兵の隊員、事務員、警察学校の教官たちがおもに住んでいた。

警察学校は、トルコ全土の法執行官向けの訓練を行なっている。卒業生は都会か地方の警察署に配属されるか、国家憲兵になるためにさらなる訓練を受けるか、暴動鎮圧、特殊兵器・戦術、爆弾処理、対テロリスト作戦、諜報、麻薬取締り、その他の特殊分野の高度な課程を選択する。警察学校には事務員と教職員が百人いて、寄宿している訓練生が約千人いる。

ヴァンの国家憲兵施設では、武器訓練の射場から聞こえる銃声にくわえて、抗議デモの音と声が頻繁に聞かれる。留置場には約五百人が収監され、その多くはクルド人反乱分子、密輸業者、国境付近で拘束された外国人だった。留置場は刑務所ではないので、長期収監用に造られてはいないが、五分の一は裁判か国外退去を待って、一年以上収監されている。抗議デモはたいがい小規模だった——母親や妻が、愛するひとの写真を貼《は》ったプラカードを掲げて、正義を要求する——だが、なかには大規模なデモもあり、たまに暴力沙汰になることもあった。

その朝にはじまったデモは、はじめから大規模で、あっというまに拡大した。

〝鷹〟の異名を持つ悪名高いクルド人テロリストのジラール・アッザーウィを、国家憲兵が捕らえ、情報を引き出すために拷問しているという噂がひろまっていた。

デモ隊はイペク・ゴル・アヴェニューを通行止めにして、国家憲兵施設へのすべての出入口を封鎖した。国家憲兵はすばやく武力で対応した。警察学校は訓練生すべてに暴動鎮圧装備をつけさせ、暴徒が留置場に殺到してアッザーウィやその他の捕虜を解放しようとした場合に備え、主な建物二棟に兵力を集中した。ヴァン空港への経路が完全に閉ざされることがないように交通規制が行なわれ、通行する車は、スメルバンクとアヤクに出ているデモ隊を迂回して他の幹線道路を通るように誘導された。

混乱した状況にくわえて、訓練生、教職員、事務員、警備部隊の主力を、抗議デモが行なわれている道路に向かわせたため、施設を南東から突破することが容易になった。

一台のダンプカーが、スメルバンク・ストリートにある通用口の二重の金網をいとも簡単に突き破り、武器訓練用の射場の横を猛スピードで走り抜けて、運動場を横断した。ごく少数の警備員が追いかけて自動火器を発砲したが、ダンプカーをとめることはできなかった。ダンプカーは警察学校の宿舎にまっすぐ突っ込んだ……。

……荷台に積み込まれた高性能爆薬一三六〇キロが起爆して、三階建ての訓練生宿舎を破壊し、すぐそばの警察学校ビルにも甚大な被害をあたえた。

その直後
トルコ共和国　アンカラ　チャンカヤ
国家通信施設

「本日、トルコ共和国に非常事態を敷かなければならないことを、悲しく思います」クルザト・ヒルシズ大統領がいった。チャンカヤにある国家通信施設で、原稿から目をあげることなく、感情のこもらない声でぎこちなく声明を読みあげた。「ヴァンの国家憲兵本部に対する今朝のＰＫＫによる卑劣な攻撃で、二十人以上が死亡し、多数が負傷したため、緊急に対応せざるをえなくなりました。

非常事態はただちに発効し、各地の法執行機関を正規および予備役の兵員で増強します」ヒルシズはつづけた。用意された声明文から、依然として顔をあげようとしない。「治安活動のみを支援するために出動します。各地の警察が独自の裁量で逮捕と犯罪捜査を行なうようになります。

無線メッセージや暗号化された新聞広告やインターネットの投稿から、ＰＫＫの脅威が察知されていることを、報告しなければなりません。彼らは世界中の支持者やシンパに、トルコ共和国で蜂起《ほうき》し、ストライキを起こすよう呼びかけています。われわれのアナリストは、国内のあちこちにいる休眠細胞を活動させて、国中で政府施設への集中攻撃を開始させるためのメッセージであると判断しています。

ヴァンの事件後、わたしはこれらの脅威を重大に受け止め、武力で対応せざるをえなくなりました。そこで、トルコ国内の政府施設すべての一時的閉鎖と、すべての都市での日没から夜明けまでの厳格な外出禁止令を命じることにします。また、個人と車は治安要員によってすべて調べられることになります。

わたしが命じたつぎの行動には、国民のみなさんの支援と協力が求められます。テロリストの指示がどこまで拡大しているかが不明であるため、新聞、雑誌、ラジオ、テレビ、すべての民間メディアの情報発信については、レポーターや出版物の編集者以外が出す広告や通知を自主的に中止することを求めます。情報源が確認されないもの、じかに知られていないものも同様です。これはメディアを完全に遮断するのを避けるためです。休眠中の細胞への暗号化メッセージの送信を完全に断ち切ることが不可欠です。政府が情報発信源すべてに連絡し、すみやかに徹底して協力することが重要であるのを理解してもらいます。

最後に、トルコ共和国のインターネット・プロバイダーと、トルコにインターネット・サービスを提供している全社にお願いしたい。テロリストの既知のウェブサイトやサーバーへのアクセスをブロックするフィルターとリダイレクターをインストールし、更新してもらいたい。ただ、そのためにトルコでインターネット・サービスが大々的に使用不能になるようなことがあってはならない。電子メール、商取引、通常のサイトやサービスは、いつもとおなじように使用されるべきです——ただ、テロリストや反政府のサイトに使用されているサーバーだけは遮断されます。トルコ国民が利用できるインターネット・プロバイダーを入念に監視し、合法的なサイトは影響を受けないようにします」

ヒルシズは、カメラに写っていないグラスから落ち着かないそぶりで水を飲んだ。目に見えて手がふるえていたし、けっしてカメラのほうを見なかった。「このような行動をとらざるをえなくなったことについて、トルコ国民のみなさんに心からお詫びします」気まずい間が長くつづいてから、ヒルシズは言葉を継いだ。「しかし、ほかに方法はないと思っています。みなさんがたの祈りと、忍耐と、協力をお願いします。わたしの政府は、テロリストを阻止し、治安と秩序を回復し、国を常態に戻すのに、たゆまず努力します。トルコ国民のみなさんに、警戒を怠らず、政府職員と法執行機関に協力し、力強く、勇敢でいてもらいたいと思います。わたしたちの国は、かつてもこういう試練を以前にくぐり抜けておりますし、そのあとはつねにいっそう力強く、賢くなりました。ふたたびそれをやりましょう。ありがとう」

ヒルシズが声明の原稿を投げ出したとき、アイシェ・アカス首相が近づいてきた。

「いままでいちばんつらい演説だった」ヒルシズはいった。

「考えを変えてくれることを願っていたのに、クルザト」アカスがいった。「いまからでも遅くないわ」

「これはやらなければならないことなんだ、アイシェ」ヒルシズはいった。「もう針路を変えることはできない」

「そんなことはないわ。わたしに手伝わせて。お願い」補佐官がアカスにメモを渡した。「これが役に立つかもしれない。アメリカ大使館が、アルビールで高レベルの会見を求めてきた。フィニックス副大統領がバグダッドにいて、国務長官とともに出席することを望んでいるそうです」

「不可能だ」ヒルシズはいった。「いまさらこれをやめることはできない」しばし考えていた。「会うことはできない。わが国は非常事態だ。大統領だろうと閣僚だろうと、イラクへ安全に行けるという保証はない」

「でも、大統領が出席して、話し合いが行なわれれば、アメリカから軍事面、技術面、経済面で、大幅な支援が受けられるでしょうね――手ぶらで来るということはありえないから」アカスはいった。「アメリカ大使がすでに、発射されたペトリオット・ミサイルについて補償を行なう意向があることを、外務省に伝えてきました」

「補償？　なんのために？　どういう話なんだ？」

「アメリカ大使は、国務長官の代理として、政府と契約している民間企業の非武装偵察機一機が、イラク北部の国境地帯を監視していた際に、彼らのいう〝故意ではない電子干渉〟をうっかりと発信してしまい、ペトリオット・ミサイルの発射を招いたと伝えてきました。大使はたいへんな低姿勢で、金銭的補償もしくは発射されたミサイルの分の供給を行なうといっています。また、国境を越えてトルコに侵入する身許不明の車両や人物についての情報も提供してくれるそうです」ヒルシズはうなずいた。

「絶好のチャンスですよ、クルザト。会見を行ない、アメリカ副大統領と合意してから、非常事態を取り消せば、面子《めんつ》も保てるし、戦争も防げます」

「またアメリカに助けられるのか、アイシェ？」ヒルシズは、感情のこもらない声でいった。「手を貸してもらえると、ほんとうに確信しているのか？」ヒルシズが身ぶりで示すと、補佐官が秘話携帯電話を差し出した。「時間割を変更する、将軍」短縮ダイヤルでかけると、ヒルシズはいった。「部隊を移動し、航空機を発進させろ。ただちにやれ！」

（上巻終わり）

●訳者紹介　**伏見威蕃（ふしみ　いわん）**
翻訳家。早稲田大学商学部卒。訳書に、ブラウン『極秘破壊作戦』『秘密攻撃部隊』、カッスラー『水中襲撃ドローン〈ピラニア〉を追え！』『謀略のステルス艇を追撃せよ！』（以上、扶桑社ミステリー）、グリーニー『暗殺者の反撃』（ハヤカワ文庫）、キッシンジャー『国際秩序』（日本経済新聞出版社）他。

地上侵攻軍を撃破せよ（上）
発行日　2016年11月10日　初版第1刷発行

著　者　デイル・ブラウン
訳　者　伏見威蕃

発行者　久保田榮一
発行所　株式会社 扶桑社
〒105-8070
東京都港区芝浦1-1-1　浜松町ビルディング
電話　03-6368-8870(編集)
03-6368-8891(郵便室)
www.fusosha.co.jp

印刷・製本　図書印刷株式会社

ISBN 978-4-594-07579-8　C0197